A clases otra vez, Mallory

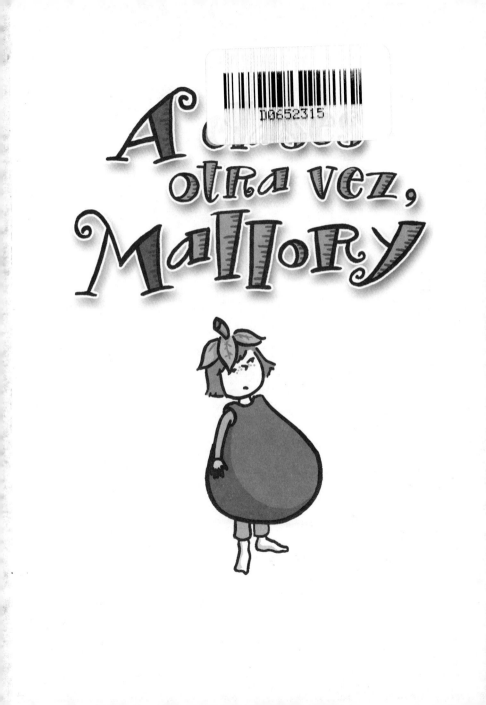

Para Ellen Stein, editora extraordinaria...
y maravillosa amiga
—L.F.

Para Addison
—T.S.

A clases otra vez, Mallory

por Laurie Friedman

ilustraciones de Tamara Schmitz

ediciones Lerner • MINNEAPOLIS

ÍNDICE

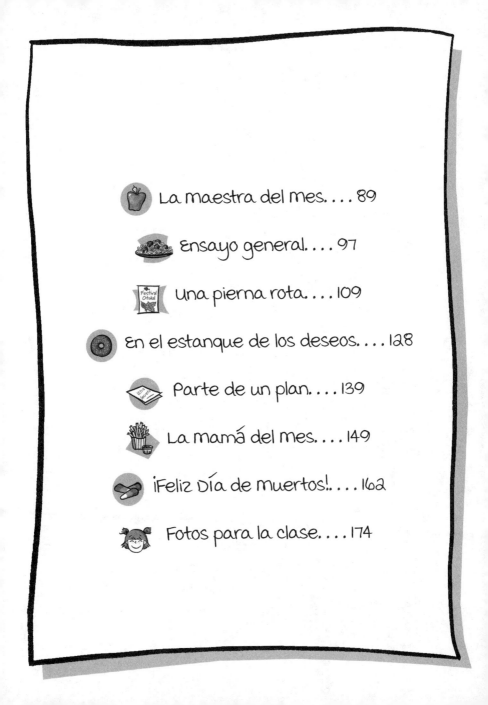

NOTA DE MALLORY

me llamo mallory mcDonald (como el restaurante pero nada que ver). Tengo ocho años y casi nueve meses. Hasta hace dos meses mi vida era perfecta. Nunca antes me había pasado nada espantoso.

Hasta que mis papás me obligaron a mudarme a un pueblo nuevo. Tuve que acostumbrarme a una nueva casa, a un nuevo cuarto y, lo peor de todo, a una nueva mejor amiga. Fue muy, muy, muy duro.

Ahora mis papás quieren que inicie el tercer año en una nueva escuela. Y adivinen qué, quieren que lleve conmigo... ¡A MI MAMÁ!

Cuando supe que sería la nueva maestra de música en la Primaria Los Helechos, me dio eso que papá llama un Patatús Fundido a la mallory (suena a helado con chocolate, pero, créanme, ¡no lo es!).

"¡mamá no puede ir a la escuela conmigo! —aullé— ¡Los niños llevan a la escuela cuadernos y lápices y reglas y gomas, pero no llevan a su mamá!"

mamá me miró con toda calma. "Algunos sí."

"¡Pero yo no quiero ser uno de ésos! —dije dando patadas en el suelo y sacudiendo la cabeza— Ya es bastante difícil ser la niña nueva. ¡No quiero ser la niña nueva que llega con su mamá!"

mamá sólo me miró y meneó la cabeza.

"¡Por favor! —supliqué— ¿No podemos discutirlo al menos?"

"mallory —dijo mamá—, no hay nada que discutir. El lunes en la mañana tú y yo iremos a la Primaria Los Helechos... ¡JUNTAS!"

Fue entonces cuando tuve un sentimiento de... un sentimiento de llevar a mamá a la escuela conmigo no parece la mejor manera de empezar el tercer año.

Estoy perdida. Acabada. Frita. Y todavía ni siquiera empiezan las clases.

UN MAL COMIENZO

Alguien se sienta en mi cama y me soba la espalda. "Adivina quién" —dice una voz.

Aunque estoy cubierta de cobijas, no tengo que adivinar. Sé que es mamá.

Me hace cosquillas en la espalda. "Buenos y felices días, dormilona. Las vacaciones de verano oficialmente se acabaron." Y me susurra al oído: "Te tengo una sorpresa de regreso a clases: hotcakes con chips de chocolate: ¡tus preferidos!"

Mamá siempre me tiene una sorpresa el primer día de clases. Creo que piensa que eso es lo que se necesita para que regrese con entusiasmo a la escuela. Generalmente estoy emocionada, pero hoy es diferente.

"Yo también te tengo una sorpresa" —le digo. Saco la mano de las cobijas y le paso una hoja de papel. "Léela" —le digo.

Se queda en silencio un instante, luego se aclara la garganta y empieza a leer.

10 razones por las cuales yo, Mallory McDonald, no puedo ir hoy a la escuela

RAZÓN #1: Hay muchos gérmenes en la escuela y podría enfermarme.

RAZÓN #2: El bebedero podría explotar y me mojaría.

RAZÓN #3: Un enorme gordo, perverso y feo de quinto podría aplastarme el dedo del pie.

RAZÓN #4: Podría envenenarme si tomo mi lunch en la cafetería.

RAZÓN #5: Podría nevar, y entonces de todos modos la escuela estaría cerrada.

RAZÓN #6: Max preferiría que me quedara en casa, al igual que Conqueso, que si no se sentirá muy, muy, muy solo.

RAZÓN #7: Alguien debe quedarse en casa por si traen algún paquete.

RAZÓN #8: Si me quedo en casa, rastrillaré el césped del frente. (¡Lo prometo!)

RAZÓN #9: Como soy bastante lista, es probable que no necesite cursar el tercer año.

RAZÓN #10: Y aunque necesite, prefiero cursarlo en casa.

Mamá suspira. "Mallory, asistir a una escuela nueva da susto. Sé que no te gusta que vaya contigo, pero si nos das una oportunidad verás que todo saldrá bien."

Me soba la espalda por encima de las cobijas. "Te acostumbrarás a la nueva escuela y cuando menos pienses ya habrás olvidado la otra."

"¡BRRNNNNK!" Hago un sonido como el timbre que suena cuando en un concurso de TV la persona que está en el estrado se equivoca al contestar. "¡Nunca olvidaré la otra escuela!"

Ni a mi mejor amiga de antes, Mariana. Este año le toca la señora Toledo, la maestra de tercero más simpática del planeta. Tiene un frasco con caramelos sobre su escritorio con una nota que dice: *"Toma uno si tienes un mal día."*

Mariana y yo habíamos estado esperando

desde el kínder para que nos tocara, y ahora a Mariana ya le tocó . . . y a mí no. ¡No es justo! Me envuelvo en mi manta.

Mamá trata de jalarme las cobijas. "Vamos, Mallory, las dos tenemos que ir a la escuela. ¿Qué te parece si empezamos bien el año llegando a tiempo el primer día?"

Pero no tengo más que una sola cosa que decir: "¡NO IRÉ HOY A LA ESCUELA!"

Mamá deja de jalar las cobijas. "Camotito, estoy segura de que con la señora Díaz como maestra hoy será un buen día —y ahoga la risa—. En realidad, creo que con la señora Díaz pasarán cosas buenas todos los días. ¿Captaste?"

Sí capté el chiste. Y los chistes me encantan, pero últimamente no he estado de humor. Sigo sin moverme.

"Vamos —dice Mamá—. Joey estará en la misma clase. Ésa es otra buena cosa."

Me alegro de que Joey esté en mi clase. Nos hemos divertido mucho desde que me mudé al lado de su casa. Pero me gustaría que estuviera en la misma clase en la otra escuela… no en una nueva escuela.

Mamá me da palmaditas en la cabeza cubierta. "Cinco minutos —dice con su voz de *estoy hablando en serio*—. No quiero que tu sorpresa de regreso a clases se enfríe."

"Está bien, está bien" —refunfuño. Salto de la cama, me meto al baño y cuando me miro al espejo me llevo otra sorpresa.

¡Esta sorpresa es morada y con brillitos y la tengo en toda la cara!

Me froto los ojos y pongo la cara junto al espejo para mirar más de cerca. ¿Tengo viruelas? No . . . ¡TENGO VIRUELAS MORADAS CON BRILLITOS! Me toco la frente para ver si no tengo calentura. Y es entonces cuando veo el problema: ¡mis uñas!

Me las pinté anoche con el barniz morado con brillitos que me regaló Mariana. Hay barniz por todos lados menos en mis uñas. Debo de haberme quedado dormida sobre mis uñas antes que se secaran. ¡No puedo ir así a la escuela!

Subo rápidamente las escaleras al baño de mamá por el removedor de barniz. Saco frascos y botellas de su gabinete hasta encontrar la que busco, ¡pero está vacía!

¿Qué voy a hacer?

Intento quitarme la viruela de brillitos morados frotando, tallando, incluso pongo la cara en el lavabo e intento remojar mi viruela de brillitos morados.

Ahora tengo la cara roja e hinchada *y además* morada y con brillitos.

Ya puedo ver mi álbum de tercero. La primera foto no será nada bonita.

"Mallory, apresúrate —me llama mamá desde la cocina—. No querrás llegar tarde el primer día de clases."

En realidad sí. Me encantaría llegar tarde. Un año entero tarde.

Me pongo unos capris y mi mejor playera morada. *¿Qué voy a hacer?*

Entonces se me ocurre. Sé *exactamente* qué voy a hacer. Busco en mi clóset hasta que encuentro mi pasamontañas. Me lo pongo y me miro en el espejo. No está mal. Sólo se me ven los ojos, la nariz y la boca. Seré la misteriosa chica de tercero.

"¡MALLORY!"

Me lo bajo un poco más y me dirijo a la cocina.

Me siento a la mesa y como un bocado de mis hotcakes. "Mmmm."

Mi hermano Max se me queda mirando como si alguien hubiera contado un chiste y él fuera el único que no lo entendió. "¿Por qué llevas un pasamontañas?"

"Es la nueva moda —doy otro bocado—. Muchos niños de tercero lo hacen."

Me lo jala. "Ninguno que yo sepa."

Trato de que se quede en su lugar pero
Max es más rápido. Me mira la cara como
si hubiera visto una cebra de dos cabezas.
"¡Mamá, papá! ¡Miren a Mallory!"

A mamá se le cae el tenedor. Papá baja
el periódico.

Ahora sé cómo deben sentirse los monos
en el zoológico. Todos miran . . . ¡HACIA MÍ!

"Tenemos que ir a la farmacia antes de

la hora de entrada a comprar quitabarniz."

"No da tiempo " —dice mamá.

Me vuelvo a poner el pasamontañas.

"¡No puedo ir a la escuela con puntos morados en la cara!"

Max me lo saca de un tirón. "Tampoco puede ir a la escuela con pasamontañas."

Mamá me inspecciona la cara. "No está tan mal. Vas a ir a la escuela y en casa se queda el pasamontañas. No se diga más. La escuela nos espera" —y toma su agenda.

"No tan rápido —dice papá. Saca una cámara de un cajón—. Es hora de la foto de regreso a clases de la familia McDonald."

Max refunfuña. "Este año no, papá."

Por una vez estoy de acuerdo con Max.

Papá sacude la cabeza. "Es una tradición. Max, Mallory, junto al piano. Celia, tú también. Después de todo tú también regresas a clases."

Mamá pasa los brazos alrededor de Max y de mí.

"Sonrían" —dice papá. Nos toma la foto.

Pero cuando salgo detrás de mamá lo único que puedo pensar es que no tengo motivo para sonreír. Este día será uno de los peores de mi vida. Hasta habrá fotos que me recuerden mi horrible comienzo en tercer año.

En el jardín frente a su casa Joey y su perro Patata nos están esperando. Su hermana Winnie, su papá, el señor Winston, y su abuelo están también.

"¿Qué te pasó?" —Winnie me mira como si se fuera a contagiar.

"Mejor ni te digo" —mascullo.

Joey me estudia la cara como si estuviera tratando de resolver un difícil problema de matemáticas. "Tengo un pasamontañas, si quieres te lo presto."

Max se ríe y le dice a Joey que no necesito un pasamontañas.

Joey encoge los hombros. "Al menos tu cara hace juego con tu playera, y con tu mochila. Todo el mundo sabrá cuál es tu color favorito en cuanto te vean."

El papá de Joey sonríe. "Excelente manera de mirar las cosas."

Mamá empieza a caminar por la acera.

"¡Nos vamos a la escuela!" —dice. Winnie y Max van detrás de mamá. Joey acaricia a Patata en la cabeza y sigue a la fila. "¡Nos vamos a la escuela!"

Yo sigo a Joey. "Nos vamos" —mascullo.

Pero a lo único a lo que voy es a . . . ¡UN MAL COMIENZO!

ME OCULTO Y ATISBO

Hay muchas cosas que no puedo hacer con la cabeza dentro de la mochila. Como encontrar el camino al salón. Aunque Joey me está guiando a través del laberinto de pies y cuadernos perdidos, tengo que esforzarme para no tropezar.

Joey se detiene. "Hay un letrero en la puerta." Lee en voz alta: "Sra. Díaz, salón 310. Bienvenidos a tercero."

No puedo creer que esté empezando tercero oculta. Pero puedo imaginar lo que dirían los niños si vieran mi cara.

"*¿Ya viste a la niña nueva?*"

"*¿Qué son esos puntos morados?*"

"*¿De dónde viene, de Júpiter?*"

¡No quiero que nadie piense que vengo de otro planeta! Tengo la cabeza dentro de la mochila y ahí la voy a dejar.

"Buenos días, niños —dice la señora Díaz—. Busquen por favor el escritorio con el gafete con su nombre y tomen asiento."

Aparto la mochila un poquito para poder encontrar el escritorio con la pegatina que dice *Mallory McDonald*. Cuando me la pego en la playera me queda chueca.

Me siento y atisbo para ver a la niña en la silla de al lado. Lleva una playera de arco iris, gafas que hacen juego y una pegatina perfectamente derecha.

Me gustaría que Joey estuviera en la silla de al lado. Pero su escritorio está del otro lado, junto a otro chico. Trato de llamar su atención, pero no me ve. Esta ocupado hablando con el chico sentado junto a él.

La señora Díaz da golpecitos a una rana verde de plástico que está sobre su escritorio. Sonríe y la levanta. "Niños, éste es Chester. Cuando él abra la boca sabrán que es hora de que ustedes cierren la suya."

Qué bien. La maestra de Mariana tiene dulces en el escritorio y la mía tiene una rana que croa.

La señora Díaz sigue sonriendo. "El asiento donde están lo ocuparán todo el año. Tomemos un minuto para presentarnos a nuestros compañeros de banca."

La niña de la playera de arco iris toca en mi mochila. "¿Hay alguien en casa?"

"Mallory McDonald. Como el restaurante pero nada que ver."

Mi compañera de banca se agacha para

atisbar dentro de mi mochila. "Pamela Brooks. ¿Por qué llevas una mochila en la cabeza el primer día de clases?"

Saco la cabeza para que pueda ver mi viruela de puntos morados con brillitos.

Estudia mi cara como si fuera doctor y me estuviera examinando. "Te ves mejor sin la mochila."

Espero que Pamela tenga razón. Deslizo la mochila debajo del escritorio.

"Bien, niños —dice la señora Díaz—, ahora que ya conocemos a nuestro compañero de banca presentémonos todos. Cuando les llegue su turno por favor digan su nombre y cuenten algo de ustedes a la clase. ¿A quién le gustaría empezar?"

Pamela alza la mano.

La señora Díaz consulta su lista. "Gracias por ofrecerte a comenzar, Pamela."

Pamela se levanta. "Hola, todos, me llamo Pamela Brooks. Quiero ser una periodista famosa cuando sea grande."

"Estás en la clase correcta —la señora Díaz sonríe—. Este año escribiremos mucho. Nuestra clase tiene a su cargo el periódico escolar."

La señora Díaz consulta su lista. "Sigues tú, Mallory."

Me levanto. "Me llamo Mallory McDonald."

"Le gusta el morado" —dice una voz.

Se oyen risitas a mi alrededor.

Siento que necesito decir por qué tengo la cara morada. El problema es que no quiero decir la *verdad*. Mariana diría que esto requiere una solución creativa.

Me aclaro la garganta. "Hoy en la mañana le estaba pintando las uñas a mi gato cuando empezó a brincar por todos lados."

Muevo los brazos para mostrar cómo se ve un gato que brinca y salta como loco. "Cuando traté de calmarlo me llené la cara de barniz."

Me doy la vuelta para que todos puedan ver mis puntos morados. "No quería llegar tarde el primer día de clases, así que tuve que dejármelo."

Más risitas.

La señora Díaz da un golpecito en la cabeza de Chester. "Suficiente, niños. Mallory se mudó acá en el verano y trajo a la escuela a alguien especial. Mallory, ¿por qué no les dices a los niños quién de tu familia forma parte de la Primaria Los Helechos ahora?"

"Mi mamá es la nueva maestra de música" —mascullo.

"La señora McDonald tiene maravillosos planes para la música este año —dice la señora Díaz—. Sabrán más cuando la conozcan más adelante en la semana."

Todos se me quedan viendo. Me pregunto si así va a ser todo el año . . . *Mallory McDonald, hija de la maestra de música.*

Trató de poner atención mientras la señora Díaz continúa las presentaciones.

A Zac le gustan los sándwiches de jitomate. Adán fue a la escuela en

Sudáfrica durante un año. Samy detesta
ser el mayor porque lo culpan de todo.
Emma junta ligas, piedras brillantes y
papel usado. Graciela colecciona zapatos.

Trato de recordar a quién le gustan los
sándwiches de jitomate y quién junta papel
usado, pero mi mente sigue pensando en
mi cara y en mi mamá.

La señora Díaz llama a dos niñas que son
compañeras de banca.

Daniela y Ariana son virgo y mejores
amigas.

Suertudas. Son mejores amigas y *además*
compañeras de banca. Me pregunto quién
es la compañera de banca de Mariana este
año. Y si se volverán mejores amigas.

La señora Díaz llama a Joey. "Me gusta
andar en patineta y jugar fútbol" —dice.

Su compañero de banca es Perico. "Me
gusta andar en patineta y jugar fútbol

también" —dice. Cuando se sienta él y Joey chocan los cinco.

Por lo visto a Joey le gusta su compañero de banca.

Nicolás, Brígida, Elián, Abril, Alba y Jasón se presentan. Muchos nombres que recordar.

La señora Díaz se pasa el resto de la mañana hablándonos de las unidades que estudiaremos este año. Osos. Los Padres Peregrinos. Los Estados Unidos de América.

Cuando suena la campana para el lunch nos formamos y seguimos a la señora Díaz a la cafetería. Alguien gruñe detrás de mí. Creo que es un gruñido de *ya estamos grandecitos para tener que formarnos detrás de la maestra para ir a la cafetería.* Pero yo me alegro de hacerlo. No tengo idea de dónde está la cafetería en esta escuela. En la anterior sabía dónde estaba todo, qué hacer y con quién sentarme en el lunch. En esta escuela no tengo idea.

Al entrar voy a sentarme junto a Joey.

"Mesa de niños —encoge los hombros—. Lo siento."

No puedo creer que Joey no quiera comer el lunch conmigo. Se supone que los amigos comen el lunch con los amigos. Antes siempre comía el lunch con Mariana.

Cojo mi bolsa y voy a sentarme en una mesa con las niñas de mi clase. Pero siento que debería llamarla la mesa de *no tengo nadie con quién hablar porque todos ya están hablando con alguien.*

Desenvuelvo mi sándwich y al darle una mordida me sabe espantoso: ¡atún! A Max siempre le dan sándwich de atún y a mí siempre me toca de mantequilla de cacahuate y malvavisco. ¡Mamá se equivocó de sándwich el primer día de clases!

Le doy otra mordida y me asquea. No estoy segura de que sea el atún o todo lo ocurrido este día, pero están empezando a darme ganas de vomitar.

Después del lunch la señora Díaz nos da la primera lista de ortografía: *zona, sano, geranio, jardín, sardina, zarpazo, cobra, arveja.*

Quisiera desaparecer de un zarpazo. Dos horas y cuarenta y nueve minutos faltan para que se acabe el día.

"Niños —dice la señora Díaz—, muchas cosas nos esperan esta semana. Los martes será la clase de arte, así que mañana tendrán la primera. Los miércoles tendrán educación física y los jueves música. Este jueves conocerán a la señora McDonald."

Cuando dice "este jueves conocerán a la señora McDonald" todo el mundo voltea a mirarme.

Yo gruño. Quisiera salir corriendo o esconderme. Quisiera estar donde sea menos aquí . . . hasta en Júpiter.

ME QUEJO

Voy de misión: *formular un deseo en jueves por la mañana antes de la escuela.*

Vivo en una calle que se llama Estanque de los Deseos porque hay un estanque de deseos de verdad. Puedo arrojar piedras y formular todos los deseos que quiera.

Cuando me mudé a la calle Estanque de los Deseos, Joey me dijo que las piedras negras brillantes son guijarros de deseos y que si encuentras uno tu deseo se hará realidad. El único problema es que son difíciles de encontrar.

Recojo una piedra blanca lisa y la tiro al agua. *Ojalá que a todo el mundo le caiga bien mi mamá cuando la conozcan hoy.*

Observo cómo ondea el agua donde arrojé la piedra.

Me pongo a pensar en el martes, cuando tuvimos clase de arte con la señora Parel.

"Nos vamos a divertir mucho en la clase de arte este año." Nos dijo que, como estábamos en tercero, íbamos a aprender muchas clases diferentes de arte. Luego escribió la palabra *expresionismo* en el pizarrón y explicó su significado.

"El expresionismo es un tipo de arte en que el artista pinta lo que siente dentro, no necesariamente las cosas tal como son en el mundo exterior."

La señora Parel nos mostró la pintura de unas flores. "Esta pintura se llama *Girasoles,* de un famoso artista expresionista llamado Vincent van Gogh."

La señora Parel repartió hojas y nos mostró cómo bosquejar flores. Dijo que hablaríamos mucho acerca de expresarnos con nuestras obras de arte.

"Qué simpática es la señora Parel, ¿no?"

—dijo Pamela al regresar al salón 310.

Arrojo otra piedra al agua. Pamela tiene razón, la señora Parel es simpática.

El miércoles tuvimos educación física con Quique el entrenador.

Cuando llegamos al campo tocó el silbato. "Nada como el momento presente para ponerse en forma." Formamos filas y realizamos estiramientos y saltos de títere.

"Ustedes parecen un puñado de atletas profesionales" —nos dijo.

Luego nos dijo que nos íbamos a entrenar para correr una milla. Corrimos algunos tramos alrededor de la pista. Chocó los cinco con cada uno al pasar junto a él.

"¿A poco no es a todo dar Quique el entrenador?" —me cuchicheó Joey.

Arrojo otra piedra al estanque. A *todos* les simpatizan la señora Parel y Quique el entrenador. Espero que cuando todos conozcan a mi mamá hoy sientan lo mismo.

"¡MALLORY!" —me llama mamá desde el otro extremo de la calle.

Mientras camino a la casa pienso en lo que mamá me dijo la noche anterior. Me prometió que haría su mejor esfuerzo para ser mi mamá y mi profesora de música en la escuela. Pero Max me dijo que no contara con esa promesa.

"Mallory, mamá es la maestra de música. Vas a tener que andar al son que ella toque —se rió como loco—. ¿Pescaste el chiste?"

Sí. Aunque Max dice que no ve cuál es el problema de que mamá enseñe en nuestra escuela, para mí ¡ES UN GRAN PROBLEMA!

Así que hoy me esforzaré para que no haya motivo de risa cuando los niños de tercer año de la Primaria Los Helechos conozcan a mamá.

Formulé mis deseos en el estanque. Me puse mi brazalete de amuleto de tréboles de cuatro hojas y mis calcetas de leopardo de la suerte, aunque están convirtiendo mi caminata a la escuela en una picazón.

"La Tierra llamando a Mallory" —dice Joey mientras caminamos detrás de mamá.

"¿Eh?" —me agacho a rascarme el tobillo.

"Estamos a la mitad del camino de la escuela y no has dicho una palabra" —dice.

Camino más despacio para que mamá no oiga lo que voy a decir. "Me preocupa un poco que todos conozcan a mamá."

"¿Y eso que tiene de malo?" —dice Joey.

Eso es precisamente, no sé qué tenga de malo. Intenté hablar con mamá anoche de ser simpática como la señora Parel, o a todo dar como Quique el entrenador, pero creo que no me escuchó.

Pienso en Van Gogh. Me pregunto si alguna vez intentó expresarse y nadie lo escuchó. Me pregunto si su mamá fue maestra en su escuela.

Cuando entramos al salón, la señora Díaz nos dice que tomemos asiento.

"Tenemos un día muy ocupado" —dice.

Primero recitamos el juramento a la bandera. Luego nos reparte los ejercicios de vocabulario. "Si no saben qué significa alguna palabra pueden buscarla en el diccionario que está al fondo de la clase."

Una de las palabras es *nervioso*.

No necesito un diccionario para saber qué significa *nervioso*.

"Niños —dice la señora Díaz cuando terminamos—, ahora voy a llevarlos al salón de música. Van a conocer a la señora McDonald. Por favor muéstrenle lo bien que se portan los niños de tercero en la

Primaria Los Helechos. ¿Alguien tiene una pregunta antes de partir?"

Yo tengo una: *¿podemos aprender divisiones mejor?*

"Estoy impaciente por conocer a tu mamá" —me cuchichea Pamela al oído.

Cuando entramos en el salón de música mamá nos dice que nos sentemos. "Buenos días, niños —y sonríe—. Bienvenidos a la música. Yo soy la señora McDonald."

Pero cuando mamá dice *señora McDonald* todo el mundo voltea a mirarme. Me gustaría poder esconder la cabeza dentro de un cuaderno de música.

"Nos vamos a divertir mucho en música este año —dice mamá—. Vamos a poner una obra especial para fines de octubre llamada Festival Otoñal."

Mamá se detiene. Creo que está esperando que todos aplaudan o vitoreen.

43

Habrían aplaudido si hubiera dicho: *Nos vamos a divertir mucho en música este año. Iremos a un concierto especial para chicos. Será un viaje de un día entero al campo con pizza y helados.* Pero no fue eso lo que dijo.

Pienso en cómo eran las cosas antes de que nos mudáramos a Los Helechos. Mamá daba clases de piano en casa. Aun cuando tenía que andar con algodones en las orejas, quisiera que las cosas fueran como antes.

"Vamos a empezar el año cantando *América* —dice mamá—. Quiero que realmente piensen en lo que están cantando." Luego dice las palabras muy despacio, como si estuviera dirigiéndose a un salón lleno de niños de dos años.

Mi pa-tria, a ti,
sua-ve tie-rra de li-ber-tad,
a ti te can-to.

Tie-rra don-de mis pa-dres mu-rie-ron
Tie-rra del or-gu-llo de los pe-re-grinos
Des-de las la-de-ras de todas las
    mon-ta-ñas
Haz que re-sue-ne la li-ber-tad.

Nos pide que nos concentremos todos en la canción y que repitamos las palabras con ella.

Intento concentrarme en *Mi patria, a ti te canto*. Pero las palabras *Mamá, de ti me avergüenzo* brincan sin cesar en mi cabeza.

AMIGOS DE LA CALLE

"Pásame los Fruity Pops"—dice mamá.

Max y yo nos miramos. Mamá nunca come Fruity Pops.

Papá desliza la caja a través de la mesa. "No has estado en la escuela más de una semana y ya estás comiendo como los chicos" —dice.

Mamá se ríe. Pero yo no. Mamá estará comiendo como los niños pero en definitiva no se porta como niño. Esta semana, en la escuela, hizo muchas cosas que un niño NUNCA haría.

En el baño de las niñas les recordó que se lavaran las manos. Y en la cafetería les dijo a las niñas que se aseguraran de comer primero los alimentos *saludables*.

Los niños JAMÁS harían ninguna de esas dos cosas. No es divertido ser la niña cuya madre les recuerda a otros niños hacer esa clase de cosas.

"Tengo buenas noticias —dice mamá—. Esta noche cenaremos con los Winston."

Sí que es una buena noticia, y sé de alguien más que pensará lo mismo. "Suerte para Max —digo con cara de beso—, así podrá ver a Winnie."

Max trata de darme en la cabeza con una caja de cereal, pero el teléfono suena y lo descuelgo antes que me alcance.

"¡Hola! ¡Hola! ¡Hola!" —dice una voz en el otro extremo.

¡Es Mariana!

"¡Hola! ¡Hola! ¡Hola!" Me siento sobre el escritorio y cruzo las piernas. Qué excelente forma de empezar el sábado.

"¿Qué tal la escuela?" —pregunta Mariana. Ella me cuenta acerca de la señora Toledo y su frasco de caramelos. Dice que el tercer año es increíble. Me cuenta que la escuela es la misma que el año pasado, sólo que mejor. "¿Y a ti cómo te va en la escuela?" —pregunta.

Para mí nada es igual. Una escuela diferente. Diferentes amigos. Diferentes maestros, y mamá es uno de ellos.

Le cuento a Mariana sobre la Primaria Los Helechos, sobre Pamela y la señora Díaz. Luego tapo el teléfono con la mano. "¿Adivina qué? Mamá es la maestra de música en mi escuela" —digo en voz baja.

Mariana se ríe en el teléfono. "¿Qué se siente tener a tu mamá de maestra?"

"No puedo hablar ahora —susurro en el teléfono—. Pero hasta hoy no tan bien."

"Ya veo —dice Mariana—. En realidad yo tampoco puedo hablar ahora. Emilia, Elena y Beca están por llegar. Tenemos que hacer un reptil en collage para la escuela."

Los Fruity Pops me dan vueltas en el estómago. Si siguiera viviendo ahí, también estaría haciendo un reptil de collage en casa de Mariana. Pero el único collage que puedo hacer es uno de "No tengo amigos".

"Que la pases bien" —trato de sonar alegre al despedirme. Pero cuando cuelgo hago cara de *no me siento alegre*.

Papá llega junto al escritorio. "¿Qué pasa, Mallory? Es una hermosa mañana de sábado, y tú no pareces ser el mismo solecito de siempre."

"No soy la de siempre —digo—. La de siempre estaría trabajando en un proyecto con todas mis amigas en casa de Mariana. Pero estoy aquí atrapada y sin amigas."

"¿Por qué no le hablas a Joey? —dice papá— Él es tu amigo."

"Joey tiene entrenamiento de fútbol."

"¿Y qué hay con los demás chicos de tu salón? —dice mamá— ¿Qué tal Pamela, tu compañera de banca? Por qué no la llamas, a ver si quiere venir."

Sacudo la cabeza. "Apenas la conozco."

Mamá se sienta frente a mí. "Si la llamas

podrás conocerla."

Gruño. Mamá puede ser tan predecible. Debí saber que diría una cosa parecida.

"¿Por qué no pasamos el día juntas? —le digo— Podemos hacer cosas de madre e hija, como pintarnos las uñas y salir a comer."

Mamá sonríe. "Me encantaría, pero tengo que programar mis clases y que trabajar en el Festival Otoñal. Está casi encima."

Mamá me da palmaditas en la cabeza. "¿Entiendes, verdad?"

Entiendo. Entiendo que ahora que mamá tiene doscientos alumnos no tiene tiempo para sus propios dos hijos.

Me voy a mi cuarto y cierro la puerta. "Conqueso, el día de hoy estaremos tú y yo solos." Le rasco el pelo detrás de las orejas.

Pienso en lo que dijo papá, que no soy el

mismo solecito de siempre. Cargo a Conqueso y me paro frente al espejo de mi baño. "Conqueso —digo en voz alta—, proclamo que hoy es el día de *tratar con todas mis fuerzas de ser un solecito.*"

Nos sentamos en la cama y me pinto las uñas de los pies. Luego saco los álbumes que hice con Mariana. Los fines de semana siempre trabajábamos en los álbumes.

Pienso en Joey.

No lo imagino haciendo álbumes. Está demasiado ocupado jugando fútbol y con la patineta. Aunque nos gusta hacer algunas cosas juntos, no nos gusta hacer de *todo* juntos, como nos gustaba a Mariana y a mí.

Hojeo el álbum de segundo que hicimos Mariana y yo. "Han cambiado muchas cosas desde el año pasado, ¿verdad?" —le digo a Conqueso. Pero cuando lo miro tiene

los ojos cerrados. Creo que tratar de ser un
solecito lo puso soñoliento.

Después del almuerzo leo y veo la tele
hasta que mamá dice que es hora de
alistarse para ir a la casa de los Winston.

Cuando llegamos, Joey abre la puerta
antes de que alcancemos a tocar el timbre.

"¿Por qué demoraron tanto?
—pregunta— Tengo algo que mostrarles."

Max y yo lo seguimos a la cocina. Winnie
está en la mesa de la cocina rodeada de
pilas de barajas. Las está metiendo en una
maquinita.

"¿Qué es eso?" —pregunto.

Winnie entorna los ojos como si no le
sorprendiera que yo no sepa qué es.

"Es una máquina para barajar naipes
—dice Joey—. Metes los naipes y la

máquina los baraja. Papá la pidió por internet para nosotros."

"¡Genial!" —dice Max.

"¡Súper! —dice Joey— ¿Quieren jugar Ocho Comodines?"

"Yo no sé —le digo—. Pero sí sé jugar 'Te toca pescar'. ¿Podemos jugar mejor ése?"

"No es el que más me gusta, pero podemos jugarlo si quieres."

Winnie vuelve a entornar los ojos, pero todos jugamos "Te toca pescar" hasta que el señor Winston nos llama a cenar.

Comemos pizzas y hacemos nuestros propios helados con chocolate fundido.

Durante el postre el abuelo de Joey nos pregunta por la escuela. "¿Qué tal, buen comienzo de año escolar para ustedes, jovencitos?" —pregunta.

"No está mal —Joey encoge los hombros—. Me gusta más el verano."

"¡Es fantástico! —Winnie le sonríe a su abuelo— Ahora que estamos en quinto Max y yo tenemos nuestro propio casillero y estamos en diferentes clases. Max está en mi clase de mate. ¿No te parece que la señora Mansberg es la *mejor* maestra de mate del mundo?" —le pregunta a Max.

Max devora una cucharada de helado de fresa, mueve la cabeza y dice: "La mejor."

Alguien debe de haber puesto un chorro de crema batida en mis oídos. En definitiva no oigo bien. Max se la pasa diciendo que la señora Mansberg es la *peor* maestra de la escuela. Creo que si Winnie dijera que los huevos fritos son deliciosos con helado encima Max estaría de acuerdo.

Después del postre nos despedimos y nos vamos a casa. Mamá nos dice a Max y a mí que nos cepillemos los dientes y nos pongamos la pijama.

Yo me pongo mi pijama de oso panda y voy al baño a cepillarme los dientes. Max ya está frente al lavabo.

Exprimo un poco de pasta en mi cepillo. "¿La *mejor* noche del mundo, eh?"

Max escupe. "Eso creo."

Eso creo. "No puedo creer que no digas

que fue fantástica. Winnie estuvo taan amigable —agito las pestañas—. Creo que le gustas tanto como a ti te gusta la señora Mansberg."

Max se seca la boca con una toalla. "Para tu información, sí le gusto . . . en la calle y cuando no hay nadie cerca. En la escuela se comporta como si ni siquiera supiera que estoy en su clase de mate."

Tira la toalla encima de la cesta de la ropa. "Es lo que se dice una *amiga de la calle*."

Cierro la llave del agua. "Nunca había oído hablar de amigos de la calle."

"Todos los días se aprende algo nuevo." Pienso en Joey.

Él se sienta en la mesa de los chicos en la cafetería. Juega fútbol los fines de semana. El jueves, cuando la señora Díaz nos invitó a que eligiéramos un compañero para un trabajo de ciencias, Joey escogió a Perico.

Realmente sólo juega conmigo cuando estamos en nuestra calle. Y cuando estamos en nuestra calle es de veras agradable. Como esta noche, en que hasta jugó el juego de naipes que yo quería.

"¿Crees que Joey es mi amigo de la calle?"

Max encoge los hombros. "Son tal para cual, si quieres saber mi opinión."

Si quieren saber mi opinión, hacer amigos no es fácil. Espero que Max se equivoque con Joey. Me voy a mi cuarto y me meto en la cama. No puedo dormir, así que pruebo a contar ovejas. Pero termino contando amigos.

Y el problema es que . . . no llego muy lejos.

ESTRELLAS POR DOQUIER

"Niños, tomen asiento, por favor —dice mamá—. Tengo una noticia sensacional."

Gruño. Una de las partes geniales de tener a tu mamá de maestra es que sabes qué va a decir antes que los demás. Una de las partes no tan geniales es que sabes cuándo va a decir algo que a nadie le va a parecer genial.

Hoy es uno de esos días.

"Como muchos de ustedes saben —dice mamá—, en la Primaria Los Helechos el tercer año es el que pone siempre el Festival Otoñal. La obra de este año se llama *Allá en el rancho*."

Oigo risitas en las filas de atrás. Alguien murmura: "La señora McDonald tenía un rancho."

¡Lo sabía! Esta obra es *demasiado* infantil. Anoche durante la cena traté de decirle a mamá que *Allá en el rancho* es demasiado infantil para niños de tercero. Max se rió y dijo que los niños de tercero *son* infantiles.

Mamá dijo que sería una gran obra.

Espera a que las risitas se acaben antes de continuar. "El Festival Otoñal será más grande y mejor que nunca. Estableceremos comités para trabajar en los trajes, los sets, la iluminación y el maquillaje."

Perico alza la mano. "¿Cuándo es la obra?"

"A fines de octubre —dice mamá—. Así que tenemos mucho que preparar."

Daniela y Ariana alzan la mano. "¿Podemos encargarnos del maquillaje?"

"Las tendré presentes" —dice mamá.

Pamela alza la mano. "El Festival Otoñal será muy divertido. Estoy impaciente por trabajar en los sets y los trajes."

Mamá le sonríe a Pamela. "Me alegra que estés emocionada."

Todos los maestros, incluyendo a mi mamá, se la pasan sonriéndole a Pamela.

Mamá saca un sombrero de vaquero del armario y dice: "*Allá en el rancho* es la historia del ranchero Sánchez y su esposa. Cultivan frutas y verduras en su rancho. El ranchero Sánchez trata de vendérselas a los lugareños, pero nadie las quiere comprar. Prefieren comer pizzas y hamburguesas."

Mamá continúa. "El ranchero Sánchez está contrariado. No sabe qué hacer. A la señora Sánchez se le ocurre un plan.

"Invita a todos los del pueblo a un colosal banquete elaborado con las frutas y las verduras que cultivan en el rancho. La comida es tan deliciosa que la gente del pueblo empieza a comprar todo, y el ranchero Sánchez se pone feliz."

Mamá levanta el sombrero de vaquero. "Ahora vamos a sortear quién va a tener qué papel. Fórmense —dice mamá—. Y recuerden que de lo que se trata es de trabajar en conjunto para hacer una gran obra. Todos los papeles son importantes."

Aunque pienso que esta obra es medio tonta espero obtener un buen papel.

Joey saca primero. Agita su trocito de papel en el aire. "¡Soy el ranchero Sánchez!"

Nunca había pensado en Joey como actor, pero parece estar feliz con su papel.

Ariana y Daniela sacan después. A las dos les toca ser hadas de la lluvia. No sé cómo se las arreglan para hacer todo juntas.

Todo el mundo saca papelitos del sombrero. Hay muchos papeles buenos: peones y lugareños. También hay muchos papeles no tan buenos: frutas y verduras.

Cuando me toca sacar, cruzo los dedos de los pies y formulo un deseo: *Por favor, que sea yo la señora Sánchez*. Meto la mano en el sombrero y saco un trocito de papel doblado. Lo desdoblo. No soy la señora Sánchez. Soy . . . una *berenjena*.

¡No quiero ser una berenjena! Preferiría ser una manzana o una patata. Seguro no hay peor papel que el de berenjena.

Luego le toca a Pamela. "La señora Sánchez —grita—. ¡Seré la esposa del ranchero Sánchez!"

¡No es justo! Pamela es la señora Sánchez ¡y yo soy una berenjena! Me siento, desenrollo la hojita de papel y la leo de nuevo.

Brígida mira por encima de mi hombro. "Tú eres una berenjena y yo un plato de cerezas."

"De huesos sería peor, ¿no?"

Brígida no se ríe. "Va ser bien divertido. Hacer nuestros disfraces y todas esas cosas que dijo tu mamá. ¡A quién le importa qué papel te toque!"

A mí. Le llevo mi papel a mamá y pongo mi mano en su hombro. "Este . . . , mamá,

quiero decir, señora McDonald —ni
siquiera sé cómo dirigirme a mi propia
mamá—. Necesito volver a sacar —le
susurro al oído—. No quiero ser una
berenjena."

"Serás una excelente berenjena" —me
susurra mamá a oído y me dice que vaya a

sentarme. Luego le pide a todos que lo hagan.

No puedo creerlo. Mi propia mamá no me deja volver a sacar. Soy su hija, y me está tratando como si fuera un niño cualquiera. ¡Qué injusticia!

Pamela me pasa una nota doblada en un cuadro perfecto. La abro.

Mallory, ¡¡¡estoy tan emocionada!!! No puedo creer que seré la señora del ranchero.

¿Y tú?

A. ¿Estás emocionada con tu papel?

B. ¿Vas a trabajar en el comité de vestuario?

C. ¿Sientes que nunca habrá un Festival Otoñal mejor que éste?

¡¡¡Yo sí a las tres cosas!!! Pamela

Pienso dos segundos en la nota de Pamela. Ella dice que sí a A, B y C. Pero yo voy por la D: ninguna de las anteriores. NO QUIERO PARTICIPAR EN ESTA OBRA.

Refundo la nota de Pamela en mi bolsa. Pienso en lo que mamá dijo acerca de darle una oportunidad a Pamela. Trato, pero es difícil lograrlo cuando hace cosas que me molestan, como escribir esta tonta nota.

Mariana y yo solíamos intercambiar notas, pero era diferente porque ésas sí me gustaba leerlas.

Cuando suena la campana mamá dice adiós con la mano mientras vamos saliendo. "Empezaremos a aprender las canciones para la obra la semana próxima —dice—. Y recuerden: todos son estrellas."

Pero yo no me siento como una estrella, Me siento como una berenjena.

En el camino a casa Joey no puede parar

de hablar del Festival Otoñal. "Será fantástico —dice—. Podemos practicar nuestros papeles juntos."

"Yo no necesitaré practicar. Lo único que una berenjena hace es estar en un plato."

Joey encoge los hombros. "Todavía no sabes qué es lo que tendrás que hacer."

No sé que tendré que hacer, pero estoy segurísima de que no querré hacerlo.

Durante la cena le digo a mamá que no quiero ser berenjena. "¿No te parece que siendo la hija de la maestra debería tener el papel de la esposa del ranchero o de hada de la lluvia?"

Mamá pone una pieza de pollo en mi plato. "Mallory, sorteamos los papeles."

"Es el papel perfecto para ti —dice Max—. Tienes un como aspecto de berenjena."

Lo ignoro. Veo a mamá que me sirve una

cucharada de puré de patatas. "El Festival Otoñal será divertido —dice—. De lo que se trata es de trabajar con los compañeros de clase. Estoy segura de que lo disfrutarás."

Sacudo la cabeza.

Mamá me pasa un brazo por los hombros. "Serás una linda berenjena . ¿Por qué no le escribes a Mariana y la invitas a venir a verte en el Festival Otoñal?"

Lo último que quiero es que Mariana me vea vestida de berenjena. Cruzo los brazos.

"Vamos, Camotito —dice papá—. ¿Dónde quedó el buen ánimo de Mallory?"

Antes sólo mamá me llamaba Camotito, pero ahora papá también lo hace.

Miro dentro de mi vaso de leche y debajo de mi mantelito. "No lo encuentro por ningún lado —le digo—, así que en vez de decirme Camo*tito* dime Berenjen*ota*."

LA VOZ DE LOS DÍAS

"Llamando a todos los columnistas —la señora Díaz le da una palmadita a Chester en la cabeza—. ¿Alguno de los presentes querría estar en el negocio del periódico?"

Por todos lados saltan manos.

"Niños, vamos a publicar un periódico para que lo lea toda la escuela —dice la señora Díaz—. Cada mes sacaremos un número. ¿Quién sabe cuál es la principal función de un periódico?"

Pamela levanta la mano bien alto. La señora Díaz señala hacia ella.

"Para dar información a la gente" —dice Pamela.

"Excelente, Pamela." La maestra escribe la palabra *información* en el pizarrón. "¿Qué clase de información creen que deberíamos incluir en nuestro periódico?"

"Resultados de deportes" —grita Perico.

"Horóscopos" —dicen Daniela y Ariana al unísono.

"Cómics" —dice Zac.

"Noticias" —sugiere Adán.

"Consejos" —dice Emma.

La señora Díaz escribe en el pizarrón *resultados de deportes, horóscopos, cómics, noticias* y *consejos* y dice: "Creo que toda esta información debería incluirse en nuestro periódico."

Luego escribe una cosa más: *Perfil: La descripción de las habilidades, personalidad o carrera de una persona.*

"Niños, vamos a aprender a escribir perfiles. Escogeremos a un maestro de la Primaria Los Helechos para escribir sobre él en cada número de nuestro periódico. Le llamaremos columna del Maestro del Mes."

Levanto la mano. "Señora Díaz, ¿cómo elegiremos al maestro?"

"Buena pregunta, Mallory. Elegiremos a los maestros que hagan cosas especiales e interesantes para los alumnos."

Pamela se inclina hacia mi lado de la banca. "Voy a decirle a la señora Díaz que la deberíamos escoger a ella para el primer número. Para la escuela será interesante que estemos escribiendo un periódico."

No estoy segura de que a otros alumnos les parezca interesante, pero sí de que a la señora Díaz le gustará la idea. Me molesta que Pamela siempre diga cosas que a la señora Díaz le gusta oír.

Me froto la frente con los meñiques. Mariana y yo hacíamos eso cuando estábamos tratando de pensar en algo bueno que decir. En este momento lo que quiero es pensar en algo que decir que a la señora Díaz le guste oír.

"Ahora bien —dice ella—, necesitamos un nombre para nuestro periódico. ¿Ideas?"

Todo mundo empieza a cuchichear. Yo sigo frotándome y recuerdo algo que mamá dijo.

"Tal vez deberíamos llamarlo *La Voz de los Días* —le susurró a Pamela—. ¿Captas? La señora Díaz. *La Voz de los Días*. ¿Crees que a la señora Díaz le gustará?"

La mano de Pamela se eleva al instante. "¿Qué tal *La Voz de los Días*?" —suelta sin siquiera esperar a que la señora Díaz le pida que hable.

"Mmm —la señora Díaz se frota la barbilla—. Es pegajoso. ¿Qué dicen esas

manos? ¿A quién le gusta el nombre *La Voz de los Días* para nuestro periódico?"

Por todos lados saltan manos.

"Está decidido entonces." La señora Díaz escribe *La Voz de los Días* en grandes letras gordas en el pizarrón. "Demos las gracias a Pamela por esta maravillosa sugerencia."

Todos aplauden. Todos menos yo.

¡PAMELA ME ROBÓ LA IDEA! Pensé en algo que a la señora Díaz le gustara oír y Pamela me quitó las palabras de la boca.

Todo el mundo habla de *La Voz de los Días*. Pero no yo. Estoy tratando de resolver qué quiero decirle a Pamela.

Y la respuesta es que no mucho. Me tiene sin cuidado: no volveré a dirigirle la palabra nunca.

"Tranquilícense —la señora Díaz da un golpecito en Chester—. Todos formarán parte del periódico. Quiero que cada uno piense qué le gustaría escribir."

Lo que yo quiero escribir es un anuncio de se solicita:

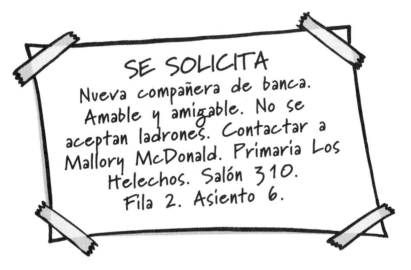

SE SOLICITA
Nueva compañera de banca.
Amable y amigable. No se
aceptan ladrones. Contactar a
Mallory McDonald. Primaria Los
Helechos. Salón 310.
Fila 2. Asiento 6.

Quise darle una oportunidad a Pamela, pero, si quieren mi opinión, fue un chasco. No puedo creer que me robara mi idea. A Mariana siempre le conté mis ideas y nunca se las robó. No sé si oficialmente los compañeros de banca pueden no hablarse, pero oficialmente no voy a dirigirle la palabra a Pamela.

"Ahora —dice la señora Díaz—, a menos que a alguien se le ocurra algo más que podamos incluir en nuestro periódico, pasemos a los libros de matemáticas."

Joey alza la mano. "A mí se me ocurre otra cosa que deberíamos incluir: anuncios."

La señora Díaz sonríe. "¿En qué tipo de anuncios estás pensando?"

"Cosas como las que ocurren en la escuela, como la fecha del Festival Otoñal."

"Joey, excelente idea. La columna de anuncios de *La Voz de los Días*. Me gusta."

¡A mí no! No quiero anunciar el Festival Otoñal a toda la escuela. Tal vez Joey quiera que todos lo vean: es el ranchero Sánchez. ¡Pero yo no quiero que me vean!

La señora Díaz da un golpecito a Chester y el silencio se instala en la clase.

"El periódico será muy divertido. Empezaremos a trabajar en él la semana entrante. Niños, abran sus libros de matemáticas en la página sesenta y dos."

Abro el mío en la página sesenta y dos. Problemas de palabras. Problemas de palabras largos y complicados llenan la página de arriba abajo.

Suspiro. La página sesenta y dos y yo tenemos mucho en común.

Las dos tenemos muchos problemas.

CARTAS QUE ESCRIBIR

He sido encarcelada . . . ¡por mi mamá! Dice que tengo muchas cosas que escribir y que no puedo salir hasta que lo haga.

Tengo que escribir mi artículo para *La Voz de los Días* y tengo que escribirle a Mariana para invitarla al Festival Otoñal. Sé por qué debo escribir el artículo: el lunes es el último día. Pero no sé por qué debo escribirle a Mariana.

Mamá dice que no hay nada más emocionante que recibir una invitación por correo. Yo le dije que se me ocurren muchas cosas que son más emocionantes.

Pero mamá dijo que me ha pedido que escriba la carta durante más de dos semanas y que no saldré de mi cuarto hasta que carta y artículo estén escritos.

Saco una hoja de papel. Voy a escribir el artículo primero.

El viernes Pamela me contó que se pondría a trabajar en lo que va a escribir para el periódico *todo* el fin de semana. "¿No te parece divertido?" —me preguntó.

"Divertido, divertido, divertido" —masfullé. Quedarme encerrada en mi cuarto escribiendo no me parece divertido, divertido, divertido. Cargo a Conqueso y lo pongo sobre el escritorio.

Ronronea y cierra los ojos. Pero yo abro los míos. ¡Conqueso acaba de darme una gran idea! Empiezo a escribir. Con el artículo no me tardo nada.

Cuando acabo tomo otra hoja de papel para poder empezar mi carta. Pero empezar no es fácil.

Quiero ver a Mariana pero no quiero que Mariana me vea vestida de berenjena. Me

sobo la frente durante mucho rato y luego
empiezo.

Querida Mariana,

¿Te acuerdas que te dije que mi mamá
es la nueva maestra de música en mi
escuela? Pues bien, con los alumnos de
tercero va a montar una obra para el
Festival Otoñal.

Es sobre un ranchero y las verduras de
su rancho. A mí me tocó ser una
berenjena. ¡La obra es tonta e infantil!

Mamá me dijo que te escribiera para
invitarlas a ti y a tu mamá a venir a
verla. DEFINITIVAMENTE, NO ES NECESARIO
QUE VENGAN.

Quiero que vengan a visitarme pero en
otra ocasión será MUCHO mejor.

Si tienes que zamparte la obra vas a

estar aburrida. Aburrida, aburrida, aburrida. Así que lo mejor será que no vengas al Festival Otoñal.

Después de leer esta carta, rómpela y olvida que te la envié. ¿De acuerdo?

Es todo.

Espero que hayas comido muchos caramelos del frasco de la señora Toledo. Es lo que yo haría si estuviera en su clase.

M.T.Qi. (me tengo que ir.)

Abrazos y besos, Mallory

Releo la carta. De veras no quiero que Mariana venga al festival.

Pienso en el último ensayo. Ni siquiera hice nada hasta el final, cuando canté una canción junto con un racimo de vegetales.

No sé qué pueda tener de interesante verme hacer eso.

Releo la carta. Luego lamo el sobre, lo cierro y lo sello con un beso . . . un beso de *Espero por supuesto que funcione y que Mariana no venga al Festival Otoñal.*

LA MAESTRA DEL MES

"¡YA SALIÓ!" —grita Pamela.

"¿Qué? —reviso el piso alrededor de mi banca— ¿Una rata, un ratón, una culebra?"

"No, boba." Pamela me pone el primer número de *La Voz de los Días* en la cara y se pone a dar saltos como una porrista en el último minuto de un juego muy cerrado. "¡Qué emoción!" —chilla.

Voy al frente y tomo una copia de *La Voz*

de los Días de la mesa de la señora Díaz.
Repaso el índice hasta encontrar lo que
busco. Paso las hojas hasta llegar a la siete,
cruzo los dedos de los pies y leo:

CÓMO HACER PARA QUE TU GATO
DUERMA LA SIESTA
por Mallory McDonald
(Dedicado a Conqueso, mi gato,
gran dormidor de siestas)

A la mayoría de los gatos les gusta
dormir la siesta. Pero si el tuyo
prefiere estar despierto, he aquí
algunas ideas para hacerlo dormir.
Idea #1: Cántale un arrullo. (Si
eres desafinado no lo intentes. Tu
gato podría volverse loco y
permanecer despierto para siempre.)

Idea #2: Dibuja para tu gato otros gatos durmiendo. (Cuando vea que los gatos hacen esto en todos lados tal vez quiera intentarlo.)

Idea #3: Haz que tu gato te mire mientras haces la tarea. (Te aseguro que esto lo hará dormir.)

Idea #4: Si tu gato ya está durmiendo (éste es mi mejor consejo), ¡NO LO DESPIERTES!

Si necesitas ayuda con cualquiera de estas ideas, consulta a Mallory McDonald, experta local en gatos.

Mi artículo no está mal. En realidad es bastante bueno. Para el final del día todos los gatos de Los Helechos estarán durmiendo.

Pero no tengo ocasión de admirarlo mucho antes que Pamela empiece a chillar de nuevo. "Ma-llo-ry, ¿viste mi columna del Maestro del Día en la página tres?"

Mira por encima de mi hombro y espera a que la lea.

Aunque oficialmente no le dirijo la palabra a Pamela, paso a la página tres y comienzo a leer.

MAESTRA DE LA SEMANA
Señora Díaz, maestra de tercer año de la Primaria Los Helechos
por Pamela Brooks (su dedicada alumna)

La señora Díaz es la maestra de tercer año en la Primaria Los Helechos.

¡Con la señora Díaz aprender es divertido! ¡Hace que aprender ciencia sea divertido! ¡Hace que aprender ciencias sociales sea divertido! ¡Hace que aprender mate sea divertido!

¡La señora Díaz hace que aprender sea tan divertido que aun si estás en clase sientes que estás en recreo!

¡La señora Díaz es SENSACIONAL! ¡Fue idea suya publicar este SENSACIONAL periódico!

Le pedí a la señora Díaz que nos dijera el secreto de su éxito como maestra.

"Te tiene que gustar lo que haces para hacerlo bien, y a mí me gusta lo que hago" —dice la señora Díaz.

A mí me gusta lo que hace también, así como a muchos de los alumnos de tercero.

Así que muchos vítores para la señora Díaz.

¡Hip, hip, hurra! ¡Hip, hip, hurra! ¡Hip, hip, hurra!

¡Gracias, señora Díaz, por ser la mejor maestra!!!!!!!!!!!!!

Cierro mi periódico. Ya leí suficiente.

Pamela me jala la manga. "A la señora Díaz le en-can-tó mi artículo y la manzana que le di por ser la Maestra del Mes."

Hago cono el periódico por si tengo que vomitar. Estoy segura de que a la señora Díaz le en-can-tó el artículo de Pamela y la manzana. Le encanta lo que Pamela hace. ¡Pero a mí no! Vuelvo a abrir mi periódico y pretendo leer los menús del lunch.

La señora Díaz da un golpecito a Chester. "Niños, pueden ufanarse del primer número de *La Voz de los Días*. Es un gran trabajo. ¿Comentarios?"

Joey levanta la mano. "¿Vieron mi columna de anuncios?"

Desenrollo mi periódico. La columna de anuncios de Joey está en la página cuatro: ensayo general para el Festival Otoñal el próximo jueves en la noche.

Mi último fin de semana sin berenjenas.

Pienso en todas las veces que ensayamos las canciones en la clase de música. Una cosa es cantar como berenjena y otra muy diferente vestirte como una.

Pamela se inclina sobre mi hombro y lee la columna de anuncios. "El ensayo general es la semana próxima. ¡Qué emoción! —chilla— Aunque hemos estado practicando en clase, ¡será emocionantísimo cuando al fin ensayemos en el escenario!"

Pongo la cabeza encima del escritorio y gruño. Intento estar emocionada. Pero hay cosas con las que es difícil emocionarse.

Tener a Pamela Brooks de compañera de banca es una de ellas.

Ser una berenjena en el Festival Otoñal es otra.

ENSAYO GENERAL

"Come tu albóndiga" —dice mamá.

Empujo mi plato.

No quiero comer albóndiga. Tampoco ponerme mi traje de berenjena ni ir al auditorio esta noche para el ensayo general, y eso es lo que tengo que hacer en cuanto me termine mi albóndiga.

"No debo llegar tarde" —dice mamá.

Tomo una mordidita de albóndiga y la escupo en mi servilleta. "Sabe raro."

"¡Mallory!" —dice mamá como si fuera a arruinarle la noche entera si no como lo que hay en mi plato.

Papá hinca el tenedor en su albóndiga y le da una mordida. "¿Receta nueva?"

Mamá pone un platón con espagueti en la mesa. "En realidad son congeladas. He estado tan ocupada con el Festival Otoñal que no he tenido tiempo de cocinar."

Miro a mamá. Lleva una camiseta que dice *Director*. Debería decir *Lo único que me importa es esta apestosa obra*. Estos últimos días sólo le importa el festival.

Mamá me mira. "Mallory, apresúrate."

Hinco el tenedor en la albóndiga y la pongo contra la luz. "¿Quién inventó las albóndigas congeladas?"

Mamá gruñe.

Yo continuó inspeccionando mi albóndiga. "¿Habrán sido los astronautas?

Parecen rocas lunares."

Max se empuja un enorme pedazo a la boca. "¿A quién le importa quién las inventó? —se sirve otras dos— Están deliciosas. Lo sabrías si comieras la tuya."

Para Max es fácil decirlo. Le tiene sin cuidado comer albóndigas congeladas o que mamá sea la profesora de música en nuestra escuela. Pero Max y yo somos diferentes, porque a mí sí me importa.

Doy una mordidita chiquitita. Luego le dirijo a mamá una mirada de *voy a vomitar.*

Mamá coge mi plato y la tira a la basura. "No tenemos tiempo para esto" —dice.

Alza la bocina del teléfono y llama a la casa de los Winston. Le dice a Joey que se venga porque ya es hora de partir.

"Esta noche será fantástica —dice Joey cuando vamos en la camioneta—. Estoy impaciente por ensayar en el escenario. Será muy diferente que ensayar en clase."

Mamá le sonríe por el retrovisor. Cuando bajamos del auto en el estacionamiento mamá nos pide que le ayudemos a llevar cada uno un montón de trajes.

Mamá nos sigue al auditorio. "Con cuidado, Mallory —dice—. Vas arrastrando los trajes. ¿No querrás que les pase nada, verdad?"

"En realidad sí —le digo quedito a Joey—. Tengo ganas de tirarlos por un barranco."

Espero que Joey se ría pero no lo hace. "Mallory, deberías cambiar de actitud. El Festival Otoñal será de lo más divertido."

Divertido para él que tiene un papel importante. Y él no tuvo que invitar a su mejor amiga a verlo.

Al entrar al auditorio mamá empieza a extender los trajes sobre sillas. El auditorio se está llenando de cursantes de tercero de la Primaria Los Helechos.

"Bien, todos —dice mamá consultando su portapapeles—. A ponerse los trajes."

Joey se pone un sombrero de paja. Pamela se amarra a la cintura un delantal rojo de cuadros. Los lugareños se suben las piernas de sus jeans azules y se meten las camisetas blancas en la cintura.

Las frutas y las verduras se ponen sus trajes. Aparecen productos agrícolas por doquier. Hay un durazno, una ciruela, una manzana y un plato de cerezas. Hay una zanahoria, un rábano, un ejote y dos hojas de lechuga.

Mamá me pide que ajuste el tallo de un racimo de uvas. Luego me ayuda a meterme en mi disfraz de berenjena. Me sujeta mi tallo al cabello.

"No te muevas —dice—, no te vaya yo a picar."

"¿Qué pasaría si lo hicieras? ¿Escurriría jugo de berenjena?" Y me río de mi chiste.

Pero mamá no.

Joey me mira como si fuera yo un chango de circo que no quiere cooperar con su entrenador. "Ponte seria. El festival es mañana en la noche y todavía tenemos mucho que hacer" —dice.

¿Oí bien? ¿Joey me dijo que me pusiera seria? Aquí entre nos, Joey está tomando el Festival Otoñal *demasiado* en serio.

"Oigan todos, quiero tomar rápidamente una foto antes de comenzar. Las frutas al frente, las verduras atrás, los lugareños y los granjeros de cuclillas en el centro. Sonrían todos y digan *ensalada*."

Pienso en la foto. Si hago un álbum del Festival Otoñal, va a parecer más un libro de cocina que un álbum.

Mamá toca su silbato. "A sus lugares. Procedamos conforme al programa." Se sienta en la fila de adelante en el auditorio mientras cantamos nuestras canciones.

Primero canta el ranchero. Luego su esposa. Luego los lugareños. Luego las frutas hacen una ensalada de frutas cantada.

Cuando las verduras pasan al estrado, yo patojeo detrás de Alba, el ejote. Hacemos un círculo alrededor de las hojas de lechuga y cantamos nuestra canción.

¿Qué hacer si nadie quiere sopa de verduras?
¿Qué sentirías si te despreciaran?
Todos deberían comer cinco al día:
pregunté a un vegetal y eso decía.

Cuando terminamos las hojas de lechuga cantan la ensalada final.

"¡Bravo! —grita mamá cuando terminan— La noche de mañana será un éxito arrollador."

Al llegar a casa me dirijo al estanque de

deseos para desear que de alguna manera esta obra cierre antes de inaugurarse.

Pero cuando llego a casa Max me entrega una carta. "Es de Mariana" —dice. La abro y empiezo a leer.

Querida Mallory:

Mamá dice que no se perdería por nada el Festival Otoñal. ¡Nos parece que serás una gran berenjena! Saldremos en el auto el viernes después de clases para llegar a tiempo a la obra. Pero mamá dice que tendremos que volver el sábado en la mañana.

¡NOS VEMOS PRONTO, PRONTO, PRONTO!

¡ESTOY TAN, TAN, TAN IMPACIENTE!

¡EL FESTIVAL OTOÑAL SERÁ SENSACIONAL!

Abrazos y besos, Mariana

Me tallo los ojos. No puedo creer que Mariana vaya a venir al Festival Otoñal.

Hago bolas la carta y la lanzo al cesto de la basura. Max la atrapa en el aire y la lee. "Por una vez Cabeza de Chorlito tiene razón. Serás una adorable berenjena."

"Ponte serio —le digo—. Siendo mi hermano mayor deberías tratar de ayudarme a pensar en algo para no verme como una tonta en el escenario."

"Tienes razón —Max me da la carta de Mariana. Se pone serio—. ¿Qué tal unas clases de baile?" Infla los cachetes y baila alrededor del cuarto como una gigantesca berenjena. Luego se tira al suelo muerto de risa.

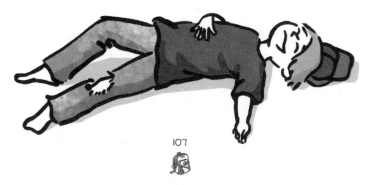

Hago bolita la carta de Mariana y la tiro a la basura. "Espero que de tanto reírte se te caiga la cabeza" —le digo a Max.

Me voy corriendo a mi cuarto y azoto la puerta. Pero aun así sigo oyendo las risas de Max.

Y la verdad es que no lo culpo. Estoy segura de que ver a *Mallory la Berenjena que Baila* en vivo en el escenario será sencillamente hilarante.

UNA PIERNA ROTA

Joey y yo nos detenemos a leer el aviso en el tablero de boletines del auditorio:

"Festival Otoñal esta noche" —dice en voz alta.

Me doy cuenta de que Joey se siente fenomenal de leer el aviso. Pero a mí me enferma. Me palpo la cabeza. Creo que tengo fiebre . . . Fiebre de Festival Otoñal.

Sé que si le digo a mamá me dirá: "¡El espectáculo debe continuar!" Max dice que es jerga de la farándula, lo único que le oigo a mamá últimamente.

Tras bambalinas mamá sube cremalleras. "¿Quién está emocionado por el festival?" —pregunta. Seguro es una pregunta capciosa. ¿Quién podría estar emocionado?

Pero miro alrededor y veo a muchos niños emocionados: Joey, Pamela, hasta Zac y Adán, que son hojas de lechuga.

Me pongo mi tallo de berenjena en la cabeza. Creo que soy la única que NO lo está. Patojeo hasta una silla y me siento.

Pienso en el momento en que Mariana y su mamá llegaron a casa esta tarde.

En cuanto se estacionaron en la entrada Mariana saltó del auto y empezó a abrazarme como loca.

"¡Vas a ser una estrella!" Y saltaba y bailaba a mi alrededor. Hasta trató de cargarme. "¡Conozco a una estrella de teatro! ¡Conozco a una estrella de teatro!"

"Párale" —le refunfuño a Mariana.

Pero su mamá me oyó. "Es que está muy emocionada de que va a verte actuar esta noche, al igual que yo —me desordenó el cabello—. No haríamos tres horas de camino para ver a nadie que no fueras tú."

Entonces Mariana empezó a saltar de nuevo a mi alrededor. "¡Quiero ver tu traje!"

Así que la llevé a mi cuarto y le mostré mi traje.

"¡Póntelo!" —chilló.

Modelé mi traje para Mariana. "Me veo ridícula, ¿no?" Esperaba que diría: *"No, te ves verdadera, verdadera, verdaderamente mona."*

Pero no fue eso lo que dijo. No dijo nada . . . no podía ¡porque no podía dejar de reírse!

Crucé los brazos sobre el pecho.

"Vamos —Mariana trataba de poner la

cara seria—. Podría ser peor. Podrías haber sido una cebolla o un nabo. Cuando menos tu traje tiene un buen color."

Pero me di cuenta de que Mariana no pensaba que había nada de *bueno* en él.

Tras bambalinas me agito en la silla y enderezo mi tallo. El ruido de la gente empieza a llenar el auditorio.

Imagino que estoy en el estanque de los deseos y formulo un deseo: *Me gustaría*

encontrar la manera de evadir esta obra. Pero no creo que desearlo sirva de mucho.

Mamá da una palmada. "Escuchen todos. La obra empieza en unos minutos, así que ocupen sus lugares detrás del telón."

Ocupo mi sitio cerca del telón y atisbo al auditorio. Ya se está llenando. Veo a papá, a Mariana y a su mamá.

Como dice mamá, *el espectáculo debe continuar.* Pero estoy impaciente por que termine.

"Un minuto para que empiece la función —dice mamá—. Silencio todos."

Alguien tira del tallo de mi sombrero de berenjena. Me volteo. Es Max.

"¿Qué haces aquí?" —cuchicheo.

"Para decirte que te rompas una pierna."

"¡Qué?" —¡no puedo creer que mi propio hermano quiera que me rompa una pierna!

"Es jerga de la farándula —Max me hace

una señal con el pulgar hacia arriba—.
Significa buena suerte en escena."

Max se va pero me deja con una idea . . .
una idea de primera. Si finjo que me rompí
una pierna, no tendré que ser *Mallory la
Berenjena que Baila*.

¡Eso es! Sólo tengo que encontrar el
momento para fingir que me la rompí.

"Empieza la función —dice mamá—.
Concéntrense y gócenlo."

Me estoy concentrando . . . en romperme

la pierna. Nunca me he roto una pierna. Ni siquiera he fingido que me la rompía.

El primero en salir a escena es Joey. Lee una página del diario del ranchero Sánchez donde dice cuánto le gustan su rancho, sus frutas y sus verduras.

Canta una canción: "A nadie le importa un pepino las verduras y las frutas."

Cuando termina el público aplaude.

Me retuerzo. No puedo romperme una pierna si me quedo ahí parada.

Luego Pamela lee un poema sobre el deseo de salvar el rancho. Canta "Hagamos un banquete". Más aplausos. Todavía no tengo oportunidad de romperme la pierna.

Cuando los lugareños suben al escenario cantan "Nos encanta la comida chatarra".

Suben al escenario un durazno, una ciruela, unas uvas y un plato de cerezas. Cantan la canción que aprendieron en clase.

Fruta, gloriosa fruta.
Vengan a probar.
Tres piezas al día
para una dieta saludable.
Imagina el enorme durazno,
carnoso, jugoso y esplendoroso.
¡Oh, fruta, gloriosa fruta,
gloriosa, gloriosa fruta!

Quisiera encontrar una gloriosa manera de romperme la pierna.

Emma el durazno sostiene un letrero frente a la audiencia que dice *¡ESTÁN CHIFLADOS!*. Aplausos y silbidos, tal como mamá anunció.

Aún no hallo cómo romperme la pierna.

Mamá hace una seña a las verduras para que suban al escenario.

Camino detrás de una zanahoria, una patata, un rábano, un ejote y dos hojas de lechuga. Las verduras hacen un círculo alrededor de las hojas de lechuga.

Camino hacia la parte de atrás del círculo y lo veo: ¡el cajón! En el escenario hay un pequeño cajón donde se supone que debo pararme mientras cantamos. La ocasión que había estado esperando. Todo lo que tengo que hacer es fingir que tropiezo cuando vaya a subir al cajón, y no tendré que actuar en la función.

Camino hacia el cajón. Dos pasos más. Respiro profundo, cierro los ojos y doy el paso. Espero que funcione.

Finjo que tropiezo y me caigo. "¡Ayyy! ¡Mi pierna! ¡Está rota!"

No es fácil rodar agarrándote la pierna dolorida cuando estás envuelta en cinco metros de fieltro púrpura, pero lo logro.

Mamá se acerca corriendo. Las verduras voltean a ver qué pasa. El auditorio tiene los ojos puestos en mí, ¡y precisamente eso era lo que no quería que nadie viera!

Mamá me palpa la pierna. "¿Puedes moverla?"

"¡Ayyy! —me quejo como la gente que está realmente herida en la tele y meneo el tobillo— Un poquito —murmuro.

Mamá me ayuda a levantarme. "Vamos atrás a ponerte hielo. La función puede seguir" —mamá indica a las verduras que empiecen sin mí. Tras bastidores me siento en una silla. Mamá inspecciona mi pierna. "¿Estás bien?"

"Creo." Ajusto el hielo y miro mientras

todos hacen la última escena que practicamos en la clase de música desde la segunda semana de clases.

Pero mamá no la está mirando. Me está mirando a mí. "¿No quieres ver el final de la obra?" —le pregunto. Menea la cabeza.

Una parte de mí está contenta de no estar cantando en el escenario pero otra desearía estar haciéndolo. Sería mejor que estar aquí sentada con mamá mirándome.

Los aplausos llenan el auditorio. La función se terminó. Todos vienen detrás del telón. Pamela le da flores a mamá. "Gracias, señora McDonald —dice—. Éste ha sido el mejor Festival Otoñal de todos."

Joey se pone los dedos en la boca y silba, y grita "¡Ya-ho!". Más parece un vaquero que un ranchero, pero todos ríen.

"Estoy muy orgullosa de ustedes —dice mamá—. Hicieron un magnífico trabajo.

Hay un festejo en el auditorio. Ponche y galletas para todos."

Los niños salen corriendo a la mesa con los refrescos. Todos parecen felices.

Casi todos. Mi pierna está bien pero el resto de mí se siente fatal. Pensé que me sentiría bien si no estaba en la obra, pero ahora quisiera que mamá me dijera que también está orgullosa de mí. Me quedo en mi silla con el hielo contra la pierna.

La gente empieza a reunirse alrededor de mí. Papá, Joey, Pamela. Aunque me preguntan si estoy bien, siento que todos saben qué están mirando: una pierna que no está rota.

"Vaya forma de arruinar un espectáculo" —me susurra Max al oído. Winnie está parada detrás de él con los brazos cruzados. "La oportunidad de mi hermano de llegar al estrellato se fue por el caño."

Ignoro a Winnie y reajusto el hielo. "Max, ¡tú me dijiste que me rompiera la pierna!"

"Jerga de la farándula, ¿recuerdas?" —dice.

Mariana me trae ponche y galletas. Me da el plato pero yo lo rechazo. Me encantan el ponche y las galletas, pero no estoy de humor para festejar.

Cuando llegamos a casa mamá saca toallas para Mariana y su mamá.

"Tal vez necesiten unos minutos en familia" —dice la mama de Mariana.

Mamá indica que eso es exactamente lo que necesitamos. "Mallory, tú y Mariana prepárense para ir a la cama, luego tu papá y yo queremos verte en nuestro cuarto."

Me pongo mi pijama de flores. "Yo traje la misma —dice Mariana, y se la pone. Echa la cabeza hacia atrás y se cepilla el pelo—. Qué lástima que no te vimos actuar hoy."

Me siento en el piso junto a Mariana.
Siempre sé lo que quiero decirle a mi mejor
amiga pero esta vez no estoy tan segura.

Mariana deja de cepillarse. "Creo que tu
mamá quiere hablar acerca de lo que pasó
esta noche."

Yo también quiero y lo hago. Le cuento a
Mariana todas las cosas que han cambiado
en mi vida desde que empecé a ir a la
escuela de Los Helechos.

Le cuento lo difícil que ha sido empezar en una nueva escuela.

Le cuento que no ha sido muy agradable llevar a mamá conmigo.

Le cuento que mamá no tiene mucho tiempo para ser mi mamá, como antes.

Mariana se sienta en la cama junto a mí. "¿Recuerdas cuando se divorciaron mis papás? Todo cambió. Y luego, después de un tiempo, me acostumbré."

Pienso en lo que Mariana acaba de decir. "¿Crees que voy a acostumbrarme a como son las cosas ahora?"

Mariana asiente y sonríe.

Max asoma la cabeza. "Avance noticioso: ¡estás en graves problemas! ¡Más vale que subas a toda mecha!"

Max tiene razón. Me pongo mis pantuflas de fieltro de pato y subo con dificultad al cuarto de mamá y papá.

Siento como si estuviera entrando al matadero.

Mamá me dice que me siente en la cama. Cruza los brazos. "Mallory, sé que no estabas entusiasmada con la obra. ¿Te caíste a propósito?"

Cuando trago saliva siento que tengo un camión de cemento atorado en la garganta.

Quisiera estar en cualquier parte menos aquí . . . en un tiradero de chatarra, en una alcantarilla, hasta un pantano de arenas movedizas y cocodrilos hambrientos.

Hago apenitas ademán de que sí, lo suficiente para que mamá sepa la verdad. Sacude la cabeza. "Mallory, eso fue incorrecto. Decepcionaste a tus compañeros. A tu público. A mí."

Mamá sigue hablando. "Todos tenemos que hacer a veces cosas que no queremos, y éste era uno de esos casos. A veces hay que considerar los sentimientos de los demás, no solamente los nuestros."

Tengo los pies fríos, con todo y que están dentro de mis pantuflas de fieltro.

Mamá se queda callada por un minuto, pero su cara está deformada, como una pasita. "Mallory, ¿tienes algo que decir?"

En realidad tengo muchas cosas que

decir. Pienso en las pinturas expresionistas que vimos en la clase de arte. Es fácil pintar cómo te sientes. Pero no es tan fácil decirlo cuando alguien te está mirando con los brazos cruzados y cara de enojo.

"Lo siento" —mascullo.

Los padres deberían saber que meterte en problemas cuando una amiga se está quedando contigo es embarazoso. "Mariana me espera abajo" —les digo.

"Creo que ya hablamos bastante por esta noche" —dice papá. Él y mamá me dan un beso de buenas noches. Pero estoy segura de que más bien piensan en *malas noches.*

Y estoy de acuerdo. Ésta fue una muy, muy, muy mala noche.

EN EL ESTANQUE DE LOS DESEOS

Busco entre las piedras de la orilla del estanque de los deseos. Quisiera encontrar un guijarro de deseos. El problema es que cuando necesitas uno nunca lo encuentras.

"Una rosquilla por tus pensamientos" —dice papá. Se sienta junto a mí y abre una caja de rosquillas de chocolate con chispas de colores.

Sacudo la cabeza. Me encantan las rosquillas, pero hoy no tengo ganas.

Papá deja la caja en el suelo y hurga entre las piedras de la orilla del estanque.

"¿Qué estás buscando?"—preguntó. Papá no contesta. Sigue hurgando entre las piedras.

"Si estás buscando un guijarro de deseos, mejor déjalo —le digo—. Son difíciles de encontrar."

"No —dice papá—, no estoy buscando un guijarro de deseos —deja de buscar entre las piedras y me mira—. Estoy buscando a la Mallory que conozco que siempre se esfuerza hasta que las cosas salen del modo como le gusta."

Papá sonríe. "Últimamente es muy difícil encontrarla."

Pego con el dedo del pie en el agua. "No vas a encontrarla debajo de una piedra."

Papá me da una rosquilla. "Me asomé a tu cuarto esta mañana. Mariana seguía

durmiendo y tu cama estaba vacía.
Imaginé que estarías aquí."

Pellizco una chispa de mi rosquilla.

"¿Tienes ganas de platicar?" —pregunta.

Sacudo la cabeza de un lado a otro.

Papá mira el montón de piedras que hay
en mi regazo. "Bien, como éste es un
estanque de deseos, apuesto a que viniste
a formular algunos deseos. ¿Tengo razón?"

Sacudo la cabeza de arriba abajo.

"¿Tienes ganas de decirme qué planeas desear?"

"Si te digo quizás no se hagan realidad mis deseos."

Papá me pasa el brazo por los hombros y me acerca a él. "Camotito, quizá te ayude hablar de lo que te está molestando."

No tenía intención de hablar pero todo

lo que me está molestando empieza a saltar de mi boca como los granos de maíz que salen volando de la máquina de palomitas en el cine.

"Quisiera estar todavía en mi antigua escuela con Mariana.

"Quisiera que las cosas fueran con Joey tal como en el verano.

"Quisiera que mamá no hubiera escogido ese estúpido tema para el Festival Otoñal.

"Quisiera que no me hubiera obligado a invitar a Mariana a ver la obra.

"Quisiera que las cosas fueran como antes que mamá fuera maestra.

"Y lo que realmente quisiera es no volver a hacer que se enoje conmigo."

"Fiu —papá respira profundo—, es una lista bastante larga. ¿Alguna idea de cómo hacer que algunos de esos deseos se vuelvan realidad?"

Encojo los hombros.

Papá me acerca más a él. "¿Tienes ganas de oír una historia?"

Encojo los hombros otra vez. Sé que papá contará su historia, quiera yo o no.

"Hubo una vez una niñita —dice papá— a la que le gustaba jugar con bloques. Construía toda clase de cosas con bloques. Construía casas, escuelas, barcos y hasta ciudades con bloques.

"Ahora bien, esta niñita tenía un hermano mayor, que un día tomó sus bloques para construir una torre. Levantó una gran torre, muy alta, con todos los bloques. Cuando terminó, su torre era recta y casi tan alta como la niñita.

"La niñita seguramente decidió que construir una torre alta sería muy divertido porque es exactamente lo que empezó a hacer."

Papá se detiene y me mira. "Pero pronto descubrió que construir una torre grande y alta no era tan fácil como parecía. Cada vez que su torre empezaba a crecer se caía.

"Pero la niñita no dejó de construir. Se pasó semanas construyendo torres. Cada vez que su torre se caía, volvía a empezar, hasta que por fin un día construyó con todos sus bloques una torre grande, alta, igual a la de su hermano."

Papá guarda silencio por un momento. Recoge un puñado de piedras de la orilla del estanque de los deseos y las apila una encima de otra hasta que se caen.

"Construir torres no es fácil. Pero la niñita insistió hasta que lo logró —papá me mira—. Supe entonces que esa niñita siempre se esforzaría hasta alcanzar lo que se propusiera."

Lanzo una piedra al estanque. "¿Estás hablando de mí?"

Papá asiente con la cabeza.

"Ahora mis problemas son más grandes que construir torres con bloques."

"Y ahora eres más grande que la niñita de la historia —dice papá—. Estoy seguro de que si te das una oportunidad y a los que te rodean lograrás que las cosas sean como te gustaría que fueran. Siempre lo has hecho y sé que siempre lo harás."

Papá se pone de pie y me da la caja de rosquillas. "Me voy a casa ahora. ¿Por qué no te tomas unos minutos para pensar antes que empiece el día?"

Cuando papá se va tomo otra rosquilla. Tantas cosas han cambiado desde que nos mudamos. Las cosas no son como me gustaba que fueran. Sobre todo con mamá.

Pienso en la conversación que tuve con mamá y papá anoche. En realidad no fue una conversación porque yo no hablé. Mamá fue la que habló.

Quería decir cosas, como que considerara los sentimientos de alguien además de los suyos . . . ¡LOS MÍOS! Pero lo único que hice fue mascullar *Lo siento*.

Y sí lo siento. Siento haber nacido.

Creo que mamá sería mucho más feliz si

no tuviera una hija en la escuela donde enseña. Entonces podría decirle a la gente: *Les presento a Max, mi único hijo. Es un brillante y feliz alumno de quinto año. Juega béisbol. Come albóndigas congeladas y no le importa que enseñe música en su escuela.*

Sé que anoche mamá estaba de veras contrariada. Aunque una parte de mí está enojada con mamá, todas sus partes están enojadas conmigo, y no me gusta cuando está enojada conmigo.

Arranco un pedazo de rosquilla y lo tiro al agua.

Deseo poder hacer algo para que mamá ya no esté enojada.

"¡MALLORY! —grita mamá en el otro extremo de la calle— ¡VEN, MARIANA Y SU MAMÁ SE VAN EN UNOS MINUTOS!"

Apuesto a que a mamá le dieron ganas de decir: *"Haz una maleta y vete con ellas."*

Me pongo de pie y arrojo el resto de la rosquilla al estanque.

Pienso en lo que dijo papá, acerca de encontrar la forma de que las cosas sean como me gustaría que fueran. Pero pienso que, haga lo que haga, mamá seguirá enojada.

Me parece que lo mejor que debo hacer es consultar la sección amarilla esta tarde y ver si puedo encontrar una nueva mamá.

PARTE DE UN PLAN

Cuando llego a la escuela el lunes en la mañana siento como que todo el mundo piensa lo mismo: ahí va la berenjena que en realidad no se rompió la pierna.

Camino hacia mi salón y me siento en mi banca.

Pamela ya está en la suya. Me sonríe. Su sonrisa parece un *Buenos días, mamá me dijo que fuera amable contigo aunque arruinaras el Festival Otoñal.*

La señora Díaz da un golpecito a

Chester. "Niños, por favor, abran su libro de ciencias en el capítulo cinco."

Paso las hojas al capítulo cinco. Osos. Para ellos todo es fácil. No tienen que ir a la escuela. No tienen que salir en obras. Me gustaría ser un oso.

"Por favor lee, Joey" —dice la maestra.

Joey lee. "Hay osos en todo el mundo. Son unos mamíferos grandes con piel gruesa y áspera y cola corta. Son plantígrados. Los osos negros, los osos

pardos y los osos polares son los tres tipos de osos más conocidos."

Si fuera oso, no estoy segura de qué tipo de oso me gustaría ser.

"Samy, continúa, por favor" —pide la señora Díaz.

Sammy continúa donde Joey se quedó.

"Los osos pasan los meses de invierno dormidos o en un estado inactivo llamado hibernación. Salen de sus cuevas en la primavera, a fines de marzo o abril."

Ahora ya sé qué tipo de oso quiero ser: de los que hibernan.

Podría irme a dormir ahora y despertar en marzo. Para entonces ya todo el mundo habría olvidado a la berenjena que en realidad no se rompió la pierna en el Festival Otoñal . . . sobre todo mamá.

Me pregunto si hay cuevas en Los Helechos.

Mientras estoy ocupada planeando mi hibernación, Pamela me pasa una nota. Dice *esto te interesa* en el exterior. No le dirijo la palabra a Pamela, pero cuando recibo una nota de *esto te interesa* quiero leerla. Desdoblo el papel.

Mallory, tengo un plan. ¡TÚ FORMAS PARTE DE ESTE PLAN!!!! Nos vemos debajo del juego de barras en el recreo. Ahí te explico. SÉ que te gustará. Cuando suene la campana ¡CORRES! Tenemos MUCHO de qué hablar. ¡TIENES QUE VENIR!
Tu amiga, Pamela

No puedo imaginar qué tiene Pamela en mente. La miro pero ella se pasa los dedos por los labios como para sellarlos.

Pamela y yo no hemos sido lo que se dice amigas desde que me robó mi idea. Aun así, una parte de mí quiere saber qué plan es ése.

Pienso en lo que me dijo papá en el estanque de deseos acerca de darle una oportunidad a los demás. Quizá deba darle una oportunidad a Pamela.

Cuando suena la campana para el recreo hago *de tin marín de do pingüé*. Aprieto la palma de la mano y decido . . . IR.

Pamela me está esperando en el juego de barras cuando llego al patio.

Cuando me dirijo hacia allá Pamela me mira. Se ve nerviosa.

Siento que debería decir algo pero no le he dicho nada a Pamela durante mucho tiempo, así que no sé qué decir.

Pamela me mira de frente y dobla las manos en el regazo. "Mallory, tu mamá parecía estar muy enojada contigo anoche."

"¿Y?" Encojo los hombros. No sé qué puede importarle a Pamela que mamá esté enojada conmigo.

"Bueno, pues creo que conozco la forma de hacer que se desenoje."

"¿Qué?" Alzo las cejas. Me gustaría encontrar la forma de que mamá se desenoje conmigo.

"¿Por qué no le preguntamos a la señora Díaz si puedes escribir la siguiente columna del Maestro del Mes sobre tu mamá?"

Pamela se inclina hacia mí como si me estuviera diciendo un secreto que no quiere que nadie oiga. "Como tu mamá acaba de hacer el Festival Otoñal los niños pensarán que es interesante saber más de ella. Puedes decir que sientes mucho lo que pasó y cuando lo lea en el periódico dejará de estar enojada."

Considero el plan de Pamela.

"Mañana es el último día para presentar los artículos para el próximo número —continúa—. ¿Por qué no vamos con la señora Díaz antes que acabe el recreo?"

Aunque todavía estoy un poco enojada con Pamela creo que su plan es bueno. "Se oye genial. Creo que es muy amable de tu parte quererme ayudar, pero no entiendo por qué quieres hacerlo."

Miro hacia el pasto que crece en una esquina del juego de barras. "Después de todo, arruiné el festival."

Pamela recoge una brizna de pasto. "Todos cometemos errores. Siento haber tomado tu idea para *La Voz de los Días*. Me gustaría que fuéramos amigas" —dice.

Pensé que no volvería a sonreír nunca, pero lo hago. "A mí también."

"¿Quieres venir a mi casa después de

clases? —me pide Pamela— Puedes escribir tu artículo. Te ayudo si quieres."

Digo que sí con la cabeza. "Seguro."

"Mmm, quizá no sea una buena idea" —dice.

¡O-oh! Espero que no dejemos de ser amigas antes de empezar. "¿Y por qué?"

"Lo que pasa es que mi hermana Amanda va a querer hacer todo con nosotras. No nos dejará solas para escribir el artículo. A veces es una verdadera lata" —dice Pamela.

"Yo tengo un hermano mayor y siempre es una lata. Pero no puedo creer que las hermanitas puedan ser molonas."

Pamela se ríe. "¡Pues créelo! No puedo creer que no lo supieras."

Creo que hay muchas cosas de Pamela que no sé.

"¡Ey! Qué tal si llevo mi barniz de uñas

morado a tu casa y Amanda puede
pintarse las uñas mientras nosotras
escribimos el artículo."

"¡Qué gran idea! A Amanda le encantará
—Pamela me toma de la mano—. Más vale
que vayamos a hablar con la señora Díaz
antes que sea tarde."

Corremos de vuelta al salón.

No puedo evitar pensar en lo que papá
dijo: *A veces tienes que darle una oportunidad a
los demás.* Estoy contenta de haberle dado
una a Pamela.

LA MAMÁ
DEL MES

"¡Ya salió! —grito. Con una mano empuño *La Voz de los Días* y con la otra me cubro los ojos.

Pamela me arrebata el periódico. "Abre los ojos, boba."

Echo un vistazo cortito. "¿No sabes lo duro que es leer tu propia obra?"

Pamela se ríe. "Eso sólo cuando es mala." Empieza a leer en voz alta.

MAESTRA DEL MES:

La señora McDonald, maestra de música de la Primaria Los Helechos
por Mallory McDonald (su cariñosa y única hija)

La señora McDonald es un nuevo rostro para muchos de los alumnos de la Primaria Los Helechos, pero no lo es para mí. Ha sido mi mamá durante ocho años y medio, mi vida entera.

Cuando era maestra de piano en casa enseñaba a un alumno a la vez. Pero ahora que es la maestra de música en la Primaria Los Helechos enseña a muchos alumnos.

Realmente me preocupé cuando supe que iba a ser la maestra de música en mi escuela. Pensé que no le quedaría tiempo para ser mamá y maestra. Pensé que estaba perdiendo una mamá, pero me di cuenta de que lo que gané fue una gran maestra de música.

Es la mejor maestra de música del mundo por muchas razones.

No se ríe de los niños que cantan desafinado. No hace preguntas sobre compositores que murieron hace sepetecientos años. Pero lo mejor de todo es que la señora McDonald ama a niños y verduras por igual, hasta las podridas (que sienten mucho, mucho, mucho haberse portado mal y prometen ser buenas desde ahora).

Como maestra de música y como mamá, merece una A+. La señora McDonald no solamente es la Maestra del Mes. También es la Mamá del Mes.

Pamela dobla su periódico. "Es fantástico
—dice—. A tu mamá le va a encantar."

Cruzo los dedos. Espero que sea así.

Aunque diga que no, estoy segura de
que mamá sigue enojada conmigo.

El sábado me hizo limpiar mis cajones.

El domingo no hizo hotcakes de
mantequilla de maní con malvaviscos, que
siempre me hace los domingos. Este

domingo me tocaron hotcakes sin nada.

Y desde el Festival Otoñal me llama por mi nombre completo, Mallory Luisa McDonald. Eso sólo lo hace cuando está enojada.

Espero que a mamá le guste el artículo, y espero que de veras me perdone por arruinar el Festival Otoñal. No sé si podré esperar hasta la clase de música para ver si le gustó.

La señora Díaz golpea a Chester en la cabeza. "Niños, siéntense y abran su libro de estudios sociales en la página ochenta y siete."

Abro mi libro en un retrato de Cristóbal Colón.

"Cristóbal Colón se tardó más de dos meses en cruzar el océano con *La Niña, La Pinta* y *La Santa María* para llegar al Nuevo Mundo" —dice la señora Díaz.

"Le tomó varios años armar su plan y llevarlo a cabo. Como ven —dice la señora Díaz—, algunos planes toman mucho tiempo hasta que funcionan."

Yo espero que mi plan funcione más rápido que el de Cristóbal Colón.

Después de ciencias sociales la señora Díaz nos dice que saquemos los libros de ciencia.

Alguien toca a la puerta.

"Niños, empiecen a leer por favor en la página sesenta y uno." Sale y cierra la puerta.

Empiezo a leer pero la señora Díaz entreabre la puerta. "Mallory, ven por favor."

O-oh . . . quien estaba hablando con la señora Díaz seguramente hablaba de mí. ¿Qué tal si mamá no es la única que está enojada por lo del festival? ¿Y si se trata del director y estoy en GRAVES problemas?

Voy hacia la puerta . . . despacito.

Pero cuando salgo me quedo
sorprendida. No es el director . . . es mamá.

"Mallory, tu mamá quiere hablar contigo
—la señora Díaz le hace un guiño a mamá
y luego me sonríe—. Tu artículo fue
excelente."

La señora Díaz regresa al salón.

Me gustaría irme tras ella. No estoy
segura de lo que mamá hace aquí. Tiene
una copia de *La Voz de los Días* en la mano.
No sé si está contenta o enojada.

Cruzo los dedos de los pies. "¿Te gustó el
artículo?" Mamá me pasa un brazo
alrededor. "¿Qué tal si lo discutimos
durante el lunch? ¿McDonald's te parece?"

¿Mamá me a llevar a comer fuera? ¿Iré a
McDonald's? Ella sabe que a todos los
McDonalds les gusta McDonald's.

Mamá va en silencio en el auto. Cuando nos sentamos desenvuelvo mi hamburguesa con queso y le doy una mordida. Pero mamá no toca su comida.

"Mallory, lo que hiciste en el Festival Otoñal estuvo mal y creo que lo sabes."

Asiento con la cabeza.

"No creo que vayas a hacer nada semejante otra vez."

Asiento de nuevo.

"Y sé que lamentas haber arruinado una noche especial para mucha gente."

Sigo asintiendo. Ojalá no vaya a vomitar mi hamburguesa con tantos asentimientos.

Mamá extiende *La Voz de los Días* sobre la mesa; lo abre donde está mi artículo. "Pero esto es maravilloso." Me sonríe.

Fiu. Creo que puedo dejar de asentir. "Mamá, lamento haber fingido que me rompí la pierna y arruinado el show."

Mamá da un sorbo a su leche malteada. "¿Hay algo más que quisieras decir?"

En realidad sí. Hay muchas cosas que quisiera decir. Respiro profundo.

"No quería que fueras la maestra de música en mi escuela. No quería que escogieras el tema que escogiste para el festival. Y no quería que viniera Mariana. Traté de decírtelo pero no escuchaste nada de lo que dije."

Siento que ya dije suficiente, pero por alguna razón sigo. "Es difícil compartir a tu mamá con toda la escuela, sobre todo si estás acostumbrada a que sea nada más para ti. No porque ser berenjena fuera tan malo, pero sentí que pasabas tanto tiempo planeando el festival que ya no tenías tiempo para ser mi mamá. Hasta nos diste albóndigas congeladas. Nunca antes de ser maestra lo habías hecho."

Mamá se queda callada un momento.
"Mallory, el que te diera albóndigas
congeladas no significa que te quiero
menos. Y a partir de ahora trataré de
escuchar lo que tengas que decirme. Pero a
veces ocurrirán cosas que a lo mejor no te
gusten. Es posible que no te parezcan tan
malas si les das una oportunidad."

Doy un sorbo a mi malteada. Pienso en
Pamela. Le di una oportunidad y me alegro
de haberlo hecho. Tal vez mamá tenga
razón. "Trataré" —le digo.

Mamá me mira con alegría, como si
acabara de comerse una papa extra salada.

"Mallory, estoy orgullosa de ti. Estuvo
muy bien que me dijeras cómo te sientes y
escribiste un artículo maravilloso. A todos
nos cuesta trabajo a veces decir lo que
tenemos en la cabeza, y tú te expresaste
maravillosamente bien."

Pensar en lo que mamá dijo me hace sentir feliz. Me pregunto si así se sentía Vincent Van Gogh cuando pintaba. El expresionismo está empezando a cobrar sentido para mí.

"Mamá, hay otra cosa que quisiera decir."

Mamá deja su malteada y me mira como si lo que tengo que decir es importante para ella. "¿De qué se trata?" —pregunta.

"Ya me estoy acostumbrando a la Primaria Los Helechos. Hasta pienso que hay partes divertidas en el hecho de que enseñes en la misma escuela."

"Ah, ¿sí? —mamá alza la ceja— ¿Qué partes son las que te parecen divertidas?"

Le doy una mordida a mi hamburguesa. "La parte de comer el lunch en McDonald's —me inclino para susurrar de modo que sólo mamá oiga—. Es mucho más divertido que comer en la apestosa cafetería."

Mamá echa un vistazo alrededor del restaurante y se inclina. "Yo también pienso que la cafetería es apestosa. Pero te diré un secreto si prometes no decirlo."

Digo que sí con la cabeza.

"Tengo un escondrijo secreto para barras de chocolate en mi escritorio. A veces lo único que tengo que hacer es comer algo dulce para alejar de mi nariz el olor de la cafetería. Pasa cuando gustes a mi salón si crees que algo dulce puede ayudarte."

Ir a McDonald's a comer el lunch, tener acceso a un escondrijo secreto de chocolates . . . tener a mamá de maestra podría ser mucho mejor de lo que pensé.

"Me parece un buen plan" —digo.

Sonreímos y mojamos al mismo tiempo nuestras papas fritas en el catsup.

¡FELIZ DÍA DE MUERTOS!

Alguien se sienta en mi cama y me soba la espalda.

"¿Adivina quién?" —dice una voz.

Aunque estoy cubierta de cobijas no tengo que adivinar. Sé que es mamá.

Me hace cosquillas en la espalda. "Buenos y felices días, dormilona. ¡Es Día de Muertos! —y me susurra al oído—: Te tengo una sorpresa: hotcakes con caramelos de maíz . . . ¡tus preferidos!"

Me siento. "Yo también te tengo una sorpresa. No me disfrazaré de bruja."

Mamá se queda callada un instante. "Pero si siempre eres una bruja el Día de Muertos. ¿Qué serás entonces?"

Le sonrío. "Ésa es otra sorpresa."

Cuando me termino mis hotcakes le pregunto a mamá si puedo tomar el papel aluminio. Me lo llevo a mi cuarto y cierro la puerta. Saco pinturas, cartulina, cuerda, tijeras y pegamento. Joey y Pamela vendrán a mi casa y haremos nuestros trajes de Día de Muertos.

Después de prepararlo todo, voy afuera a esperar a mis amigos.

Cuando llegan vamos a mi cuarto.

Max viene detrás de nosotros. "¿Qué pasa aquí?"

"Ya lo sabrás." Cierro la puerta con llave.

"¿Qué hacemos entonces? —pregunta Joey— Nunca me he hecho mi propio traje."

Pamela echa un vistazo a todos mis artículos de arte regados en el piso. "En realidad yo tampoco —me sonríe—. Mallory, dinos por dónde empezar."

Les dirijo una sonrisa. Sé exactamente por dónde empezar.

Nos pasamos la mañana cortando, pegando y coloreando.

Cuando terminamos de pegar las últimas piezas de nuestros disfraces, perforamos la parte de arriba, pasamos cuerdas por los agujeros y nos los metemos por la cabeza.

Giro para que puedan verme. "¿Qué les parece?"

"Creo que nadie en Los Helechos estará vestido como nosotros" —dice Joey.

"Creo que estamos listos" —dice Pamela.

Marchamos a la cocina a modelar nuestros disfraces para mamá y Max.

Mamá se queda boquiabierta cuando nos ve. Hasta Max se ve impresionado.

Mamá sonríe. "Tres mosqueteros, muy ingenioso."

Max camina alrededor de nosotros como si fuera un inspector de disfraces. "No está mal —dice a Joey y a Pamela. Se para frente a mí—: Buen disfraz. Sólo trata de no romperte una pierna cuando te lo pongas."

Todo el mundo se ríe, hasta mamá, que saca su cámara del cajón. "Júntense, chicos."

Nos pasamos los brazos por los hombros.

"Digan Feliz Día de Muertos" —y saca una foto.

"Nos vemos en la noche." Joey y Pamela se van a su casa y regresarán a la mía en la

noche para pedir para nuestra calaverita.
"En punto de las seis y no lleguen tarde.
¡Hay muchas casas que visitar!"

Cuando se han ido mamá me da un
sobre. "Te llegó esto en la mañana."

¡Es de Mariana! Escribió *¡FELIZ DÍA DE
MUERTOS!* en el sobre en grandes letras
negras y naranja. Me llevo la carta a mi
cuarto y la abro.

Querida Mallory,

¡FELIZ DÍA DE MUERTOS!

¿De qué te vas a disfrazar este año?

Aun cuando no estaremos juntas, me disfrazaré de bruja, como siempre. ¡PERO EL DÍA DE MUERTOS NO SERÁ LO MISMO ESTE AÑO!

Porque tú y Conqueso no estarán. No tendré nadie con quien pegarme uñas negras de mentiras. No tendré nadie con quien cambiar dulces. Ni siquiera tendré un gato que haga juego con mi disfraz. Nadie podrá decir: "¿Qué bruja eres?"

Éste es un poema de Día de Muertos para ti:

¡BU-U, BU-U, BU-U!

El Día de Muertos no será lo mismo si no estás tú.

¡Abrazos, abrazos, abrazos!

¡Besos, besos, besos!

Mariana

Vuelvo a leer la carta de Mariana. Luego saco mi álbum de Día de Muertos y la pego adentro. Dejo espacio suficiente en la página para poner la foto de Joey, Pamela y yo que nos tomó mamá.

Este Día de Muertos será diferente de todos mis demás Días de Muertos.

Antes pedía con Mariana para mi calaverita. Luego juntábamos nuestros dulces y los compartíamos hasta que se acababan. Algunos años tuvimos dulces hasta la Navidad.

Este Día de Muertos pediré dulces con Joey y Pamela . . . *y* Winnie y Max, que también vienen. Max nunca había hecho tal cosa conmigo, pero cuando supo que Winnie vendría decidió acompañarnos.

Al terminar nos reuniremos en el estanque de deseos para festejar. Joey dice que el Día de Muertos en el estanque de

deseos es una tradición de la calle
Estanque de los Deseos.

   Pienso en el estanque de los deseos. He
pasado mucho tiempo ahí últimamente,
formulando muchos deseos. Y he notado
que a veces mis sueños se vuelven realidad
y a veces no, y a veces necesitan tiempo
para realizarse. Creo que lo que mamá
dice es verdad: hay que darles una
oportunidad a las cosas . . . incluso a los
deseos.

   Saco una hoja de papel del cajón de mi
escritorio.

Querida Mariana,
¡FELIZ DÍA DE MUERTOS TAMBIÉN PARA TI!
   Serás una bruja muy mona. Conqueso y
yo extrañaremos formar parte del
disfraz. Tienes razón en una cosa: EL DÍA

DE MUERTOS NO SERÁ IGUAL ESTE AÑO... no si tú no estás.

Aunque no lo creas, no voy a ser una bruja este año.

Primero pensé que sería una bruja porque siempre fui una bruja contigo. Pero decidí intentar algo diferente.

A que no adivinas de qué me voy a disfrazar: de Tres mosqueteros, no de los que llevan espada sino como la barra de chocolate. Joey, Pamela y yo pediremos para nuestra calaverita como Los Tres mosqueteros.

La idea fue mía. Cuando se la conté a Joey dijo que él quería ir vestido de jugador de fútbol. Así que le dije que algo me molestaba. Le dije que sentía que sólo quería ser mi amigo parte del tiempo y no todo el tiempo. Hasta le dije que max decía que sólo era mi "amigo de la calle" (según max, es alguien que vive en tu calle y sólo quiere ser tu amigo en casa).

Joey dijo que era una tontería que max dijera eso. (La mayoría de las cosas que max dice son tonterías.) Que los amigos pueden ser diferentes y seguir siendo amigos. Luego dijo que mientras más pensaba en la idea de las barras de chocolate más le gustaba y que contara con él.

Cuando le conté a Pamela la idea, le ¡ENCANTÓ! Hasta se la platicó a la señora Díaz (le hizo prometer que no lo diría a nadie), y le dijo que era idea mía.

La señora Díaz me dijo que le parecía una idea ¡dulcísima!

Es todo por ahora. Tengo que ayudarle a papá a colgar la decoración del Día de muertos en el patio. ¡QUE TE DIVIERTAS MUCHO ESTA NOCHE! ¡QUE COMAS MUCHOS DULCES!

Yo lo haré, aunque sé lo que mamá dirá: "No comas demasiados dulces. No querrás que te duela el estómago en la noche."

Pero sé exactamente qué le voy a decir.

Le diré que no se preocupe... ¡porque me gustan los finales dulces!

¡Ja, ja, ja! ¿Captaste? Dulces. Finales dulces.

¡Que tengas un feliz, feliz, feliz Día de muertos!

Abrazos y besos extra, extra, extra grandes,

mallory

FOTOS PARA LA CLASE

¡Ah, sí! Casi se me olvidaba . . . la semana próxima nos tomaremos fotos en la clase y no he decidido qué ponerme. Mariana y yo solíamos ayudarnos a escoger el traje apropiado, pero como este año no está aquí, le pedí a otras personas.

Papá dijo que debía consultarle a mamá porque él "no sirve" en la sección de *elección de vestimentas*. Mamá dijo que con tal que sonriera y dijera *"cheese"* todo estaría bien. Pero mamá sabe que siempre digo Conqueso cuando me toman una foto.

Max dijo que me pusiera una bolsa de papel sobre la cabeza, Joey que no tenía idea, Winnie que no tenía importancia y Pamela que le preguntara a la señora Díaz.

Ninguna de estas personas me fue de utilidad en absoluto, pero quizás ustedes sí lo sean. ¿Qué creen que debería ponerme?

Yo con pantalones acampanados y una blusa hippie

Yo con minifalda y cuello de tortuga

Yo con jeans y poncho

Yo con botas y un vestido de punto

Es tan difícil escoger el vestido apropiado para la foto de clase. ¡Muchas, muchas, muchas gracias por su ayuda!

La ilustradora desea expresar su agradecimiento a la clase San Vicente Ferrer de 2009!

En la página 37 aparece una reproducción parcial de la pintura "Naturaleza muerta: Doce girasoles en un jarrón" (Colección de Pinturas del Estado de Baviera, Nueva Pinacoteca, Múnich), de Vincent van Gogh.

ediciones Lerner
Una división de Lerner Publishing Group, Inc.
241 First Avenue North
Minneapolis, MN 55401 EUA

Dirección de Internet: www.lernerbooks.com

Library of Congress Cataloging-in-Publication Data

Friedman, Laurie B., 1964–
    [Back to school, Mallory. Spanish]
    A clases otra vez, Mallory / por Laurie Friedman ; ilustraciones de Tamara Schmitz ; traducción de Josefina Anaya.
        p. cm.
    Summary: After moving, eight-year-old Mallory struggles with being new at school, especially because her mother is now the music teacher and director of the third grade play.
    ISBN 978-0-7613-3904-5 (pbk. : alk. paper)
    [1. Moving, Household—Fiction. 2. First day of school—Fiction. 3. Schools—Fiction. 4. Family life—Fiction. 5. Spanish language materials.] I. Schmitz, Tamara, ill. II. Anaya, Josefina. III. Title.
PZ73.F7152 2009
[Fic]—dc22
                                                                2008014339

Fabricado en los Estados Unidos de América
1 2 3 4 5 6 — BP — 14 13 12 11 10 09